Nouvelles naturalistes

Première de couverture : © Coll. Lumières des roses/Adoc-photos.
Deuxième de couverture : [h] © Albert Harlingue/Roger-Viollet ; [b] © RMN (Musée d'Orsay)/Gérard Blot/Hervé Lewandowski.
Troisième de couverture : [h] © Photo Josse/Leemage ; [b] © Musée Nicéphore Niépce, ville de Chalon-sur-Saône/Adoc-photos.
Page 102 : © Alinari/Roger-Viollet.
Page 139 : © Musée Carnavalet/Roger-Viollet.

170 bis, bd du Montparnasse 75014 Paris

ISBN 978-2-7011-6149-5
ISSN 2104-9610

CLASSICOLYCÉE

Nouvelles naturalistes

ÉMILE ZOLA

Dossier par Laure Mangin
Agrégée de lettres modernes

BELIN ■ GALLIMARD

Sommaire

Le tour de l'œuvre en 8 fiches

Groupements de textes

Vers l'écrit du Bac

Des ouvrages à lire, des films à voir,
des sites Internet à consulter et des œuvres d'art à découvrir

Pour entrer dans l'œuvre

On connaît souvent Zola pour ses romans. Pourtant, tout au long de sa vie, il a aussi rédigé des récits brefs, nouvelles, chroniques ou contes, publiés dans la presse ou en recueils. Il en a constitué cinq : *Contes à Ninon*, *Esquisses parisiennes*, *Nouveaux Contes à Ninon*, *Le Capitaine Burle* et *Naïs Micoulin*. C'est dire l'importance que Zola accorde à ce type d'écrits et la part qu'il lui réserve dans l'ensemble de son œuvre.

Le XIXe siècle est en effet le grand siècle de la nouvelle. Le succès de ce genre est alors étroitement lié à l'essor de la presse. Placée au cœur de l'actualité, la nouvelle vient distraire le lecteur, contenter son besoin de fiction, flatter son goût pour le fait divers. Zola a d'ailleurs débuté sa carrière d'écrivain par le journalisme, collaborant pendant des années avec de grands quotidiens français, comme *Le Figaro*, qui publie *Un mariage d'amour* en 1866, mais aussi avec des journaux étrangers, comme

Le Messager de l'Europe, une revue russe francophile publiée à Saint-Pétersbourg dans laquelle paraissent *Les Coquillages de Monsieur Chabre* en 1876 (sous le titre *Bains de mer en France*) et *La Mort d'Olivier Bécaille* en 1879. Les nouvelles et les chroniques de Zola entrent en résonance avec les événements de son temps, mais également avec les autres articles des journaux dans lesquels ces récits sont publiés.
On y trouve de nombreux traits de l'esthétique naturaliste : une volonté d'objectivité, une analyse des différentes couches de la société, mais aussi du comportement, du corps et de l'esprit humain. Zola, photographe à ses heures perdues, aimait saisir sur le vif les instants du quotidien. C'est un pari qu'il relève également dans ses nouvelles, en posant un regard affûté sur les hommes et les mœurs de son temps.

Un mariage d'amour[1]

Le roman que publie *Le Figaro* et qui obtient un si légitime succès d'émotion[2] me rappelle une terrible histoire de passion et de souffrance. Je vais la conter en quelques mots, me réservant d'écrire un jour le volume qu'elle demanderait. Si je me décide à la faire connaître aujourd'hui, c'est qu'elle renferme une haute leçon et qu'elle montre le coupable trouvant une effroyable punition dans l'impunité[3] même de son crime.

Imaginez que Furbice ait épousé Margaï, après avoir réussi à cacher l'assassinat de Pascoul[4] à la justice des hommes. Les deux meurtriers, l'amant et la femme adultère, ont sauvé leur honneur; ils vont maintenant vivre la vie de félicité[5] qu'ils ont rêvée; les voilà réunis à jamais, liés par la volupté et par le sang, pouvant contenter enfin à l'aise leurs appétits de richesse et de luxure[6].

Écoutez l'histoire d'un semblable mariage d'amour.

*

---

1. Le texte a paru dans *Le Figaro* du 24 décembre 1866.
2. Au moment où Zola publie *Un mariage d'amour*, *Le Figaro* fait également paraître en feuilleton un roman d'Adolphe Bélot et d'Ernest Daudet, *La Vénus de Gordes* (novembre-décembre 1866), dans lequel est relatée une histoire d'adultère criminelle.
3. **Impunité**: absence de punition.
4. **Furbice, Margaï et Pascoul**: personnages de *La Vénus de Gordes*.
5. **Félicité**: bonheur.
6. **Luxure**: débauche sexuelle.

Michel avait vingt-cinq ans lorsqu'il épousa Suzanne, une jeune femme de son âge, d'une maigreur nerveuse, ni laide, ni belle, mais ayant dans son visage effilé deux grands beaux yeux qui allaient largement d'une tempe à l'autre. Ils vécurent trois années sans querelles, ne recevant guère que Jacques, un ami du mari, dont la femme devint peu à peu passionnément amoureuse. Jacques se laissa aller à la douceur cuisante de cette passion. D'ailleurs, la paix du ménage[1] ne fut pas troublée ; les amants étaient lâches, et reculaient devant la certitude d'un scandale. Sans en avoir conscience, ils en arrivèrent lentement au projet de se débarrasser de Michel. Un meurtre devait tout arranger, en leur permettant de s'aimer en liberté et selon la loi.

Un jour, ils décidèrent le mari à faire une partie de campagne[2]. On alla à Corbeil[3], et là, lorsque le dîner eut été commandé, Jacques proposa et fit accepter une promenade en canot sur la Seine. Il prit les rames et descendit la rivière, tandis que ses compagnons chantaient et riaient comme des enfants.

Quand la barque fut en pleine Seine, cachée derrière les hautes futaies[4] d'une île, Jacques saisit brusquement Michel et essaya de le jeter à l'eau. Suzanne cessa de chanter ; elle détourna la tête, pâle, les lèvres serrées, silencieuse et frissonnante. Les deux hommes luttèrent un instant sur le bord de la barque qui s'enfonçait en craquant. Michel, surpris, ne pouvant comprendre, se défendit, muet, avec l'instinct d'une bête qu'on attaque ; il mordit Jacques à la joue, enleva presque le morceau, et tomba dans la rivière en appelant sa femme avec rage et terreur. Il ne savait pas nager.

Alors Jacques, prenant Suzanne dans ses bras, se jeta à l'eau de façon à faire chavirer la barque. Puis il se mit à crier, à appeler au secours. Il soutenait la jeune femme, et, comme il était excellent

---

1. **Ménage** : couple.
2. **Partie de campagne** : journée que les citadins passent à la campagne.
3. **Corbeil** : ville située à une trentaine de kilomètres de Paris.
4. **Futaies** : ensemble d'arbres très élevés.

nageur, il atteignit aisément la rive, où plusieurs personnes se trouvaient déjà rassemblées.

La terrible comédie était jouée. Suzanne, évanouie et froide, gisait sur le sable ; Jacques pleurait, se désespérait, implorant de prompts[1] secours pour son ami. Le lendemain, les journaux racontèrent l'accident, et les amants ayant toujours été aussi prudents que lâches, la pensée qu'un crime avait pu être commis ne vint à personne. Jacques en fut quitte pour expliquer la large morsure de Michel, en disant qu'un clou de la barque lui avait déchiré la joue.

*

Il fallait attendre au moins treize mois. Les amants s'étaient concertés à l'avance et avaient décidé qu'ils agiraient avec la plus grande prudence. Ils évitèrent de se voir ; ils ne se rencontrèrent que devant témoins.

Le moindre empressement aurait peut-être éveillé les soupçons.

Jacques, pendant les huit premiers jours, alla régulièrement à la Morgue chaque matin. Quand il eut retrouvé et reconnu sur une des dalles blanches le cadavre de Michel, il le réclama au nom de la veuve et le fit enterrer. Il avait commis froidement le crime, et éprouva un frisson d'épouvante en face de sa victime horriblement défigurée, toute marbrée de taches bleues et vertes. Dès lors, il eut toujours devant les yeux le visage gonflé et grimaçant du noyé.

Dix-huit mois s'écoulèrent. Les amants se virent rarement ; à chaque rencontre, ils éprouvèrent un étrange malaise. Ils attribuèrent cette sensation pénible à la peur, à l'âpre[2] désir qu'ils avaient d'en finir avec cette funèbre histoire, en se mariant et en goûtant enfin les douceurs de leur amour. Jacques souffrait surtout de sa solitude ; les dents de Michel avaient laissé sur sa joue des traces blanches, et il semblait parfois au meurtrier que ces cicatrices brûlaient sa chair

1. **Prompts** : rapides.
2. **Âpre** : ici, violent.

et dévoraient son visage. Il espérait que Suzanne, sous ses baisers, apaiserait la cuisson des terribles brûlures.

Quand ils crurent avoir assez attendu, ils se marièrent et toutes leurs connaissances applaudirent. Ils goûtèrent, pendant les préparatifs de la noce, une joie nerveuse qui les trompa eux-mêmes. La vérité était que, depuis le crime, ils frissonnaient tous deux la nuit, secoués par d'effrayants cauchemars, et qu'ils avaient hâte de s'unir contre leur épouvante pour la vaincre.

*

Lorsqu'ils se trouvèrent seuls dans la chambre nuptiale, ils s'assirent, embarrassés et inquiets, devant un feu clair qui éclairait la pièce de larges clartés jaunes.

Jacques voulut parler d'amour, mais sa bouche était sèche, et il ne put trouver un mot; Suzanne, glacée et comme morte, cherchait en elle avec désespoir sa passion qui s'en était allée de sa chair et de son cœur.

Alors, ils essayèrent d'être banals et de causer comme des gens qui se seraient vus pour la première fois. Mais les paroles leur manquèrent. Tous deux ils pensaient invinciblement au pauvre noyé, et, tandis qu'ils échangeaient des mots vides, ils se devinaient l'un l'autre. Leur causerie cessa; dans le silence, il leur sembla qu'ils continuaient à s'entretenir de Michel. Ce terrible silence, plein de phrases épouvantées et cruelles, devenait accablant, insoutenable. Suzanne, toute blanche dans sa toilette de nuit, se leva et, tournant la tête :

« Vous l'avez vu à la Morgue ? demanda-t-elle d'une voix étouffée.

– Oui, répondit Jacques en frissonnant.

– Paraissait-il avoir beaucoup souffert ? »

Jacques ne put répondre. Il fit un geste, comme pour écarter une vision ignoble et odieuse, et il s'avança vers Suzanne, les bras ouverts.

« Embrasse-moi, dit-il en tendant la joue où se montraient des marques blanches.

– Oh ! non, jamais..., pas là ! » s'écria Suzanne qui recula en frémissant.

Ils s'assirent de nouveau devant le feu, effrayés et irrités. Leurs longs silences étaient coupés par des paroles amères, par des reproches et des plaintes.

Telle fut leur nuit de noces.

*

Dès lors, un drame navrant se passa entre les deux misérables. Je ne puis en raconter tous les actes, et je me contente d'indiquer brièvement les principales péripéties[1].

Le cadavre de Michel se mit entre Jacques et Suzanne. Au lit, ils s'écartaient l'un de l'autre et semblaient lui faire place. Dans leurs baisers, leurs lèvres devenaient froides, comme si la mort se fût placée entre leurs bouches. Et c'étaient des terreurs continuelles, des effrois brusques qui les séparaient, des hallucinations qui leur montraient leur victime partout et à chaque heure.

Cet homme et cette femme ne pouvaient plus s'aimer. Ils étaient tout à leur épouvante. Ils ne vivaient ensemble que pour se protéger contre le noyé. Parfois encore ils se serraient avec force l'un contre l'autre, s'unissaient avec désespoir, mais c'était afin d'échapper à leurs sinistres visions.

Puis la haine vint. Ils s'irritèrent contre leur crime, ils se désespérèrent d'avoir troublé leur vie à jamais. Alors ils s'accusèrent mutuellement. Jacques reprocha amèrement à Suzanne de l'avoir poussé au meurtre et Suzanne lui cria qu'il mentait et qu'il était le seul coupable. La colère accroissait leurs angoisses, et chaque jour, pour le moindre souvenir, la querelle recommençait, plus âpre[2] et plus cruelle. Les deux assassins tournaient ainsi comme des bêtes

1. **Péripéties** : événements.
2. **Âpre** : ici, dure, pénible.

fauves, dans la vie de souffrance qu'ils s'étaient faite, se déchirant eux-mêmes, haletants, obligés de se taire.

Suzanne regretta Michel, le pleura tout haut, vanta au meurtrier les vertus de sa victime, et Jacques dut vivre en entendant toujours parler de cet homme qu'il avait jeté à l'eau et dont le cadavre était si horrible sur une dalle de la Morgue. Il avait souvent des heures de délire, et il accablait sa complice d'injures, la battait, lui répétait avec des cris l'histoire du meurtre, et lui prouvait que c'était elle qui avait tout fait, en lui donnant la folie de la passion.

S'il n'avait eu peur de trop souffrir, il se serait coupé la joue, pour enlever les traces des dents de Michel. Suzanne pleurait en regardant ces cicatrices, et le visage de Jacques était devenu pour elle un objet d'horreur dont la vue la secouait d'un éternel frisson.

*

Enfin se joua le dernier acte de ce drame poignant. Après la haine, vinrent la crainte et la lâcheté ; les deux assassins eurent peur l'un de l'autre.

Ils comprirent qu'ils ne pouvaient vivre plus longtemps dans la fièvre du remords ; ils voyaient avec terreur leur abattement mutuel, et ils tremblaient en pensant que l'un d'eux parlerait à coup sûr un jour ou l'autre.

Alors ils se surveillèrent ; leurs souffrances étaient intolérables, mais ils ne voulaient pas la délivrance par le châtiment. Ils se suivirent partout, ils s'étudièrent dans leurs moindres actes ; à chaque nouvelle querelle, ils se menaçaient de tout dire, puis ils se suppliaient à mains jointes de garder le silence, et ils restaient soupçonneux et farouches. Vie terrible, qui les traînait dans toutes les angoisses du remords et de l'effroi.

Ils en vinrent chacun à l'idée de se débarrasser d'un complice redoutable. Suzanne espérait vivre plus calme, lorsqu'elle ne verrait plus la joue couturée de Jacques, et Jacques pensait pouvoir tuer son premier crime en tuant Suzanne.

Un jour, ils se surprirent, versant mutuellement du poison dans leurs verres. Ils éclatèrent en sanglots, leur fièvre tomba, et ils se jetèrent dans les bras l'un de l'autre. Ils pleurèrent longtemps, demandant pardon, comprenant leur infamie[1], se disant que l'heure était venue de mourir. Ce fut là une dernière crise qui les soulagea.

Ils burent chacun le poison qu'ils avaient versé, et expirèrent à la même heure, liés dans la mort comme ils avaient été liés dans le crime. On trouva sur une table leur confession, et c'est après avoir lu ce testament sinistre, que j'ai pu écrire l'histoire de ce mariage d'amour.

1. **Infamie**: condition honteuse et méprisable.

Arrêt sur lecture 1

Pour comprendre l'essentiel

Une nouvelle à sensation

❶ Publiée dans *Le Figaro* en 1866, la nouvelle *Un mariage d'amour* a une intrigue extrêmement simple. Résumez-la en quelques phrases. Expliquez en quoi elle s'apparente à un fait divers.

❷ Le récit est très rythmé et les actions s'enchaînent rapidement. Prouvez-le en repérant le temps majoritairement employé, en commentant la longueur des phrases et des paragraphes. En vous aidant du glossaire (p. 144), étudiez les rythmes du récit.

❸ Dans cette nouvelle, les faits sont décrits comme étant contemporains du lecteur afin de susciter son intérêt. Précisez comment le narrateur ancre dans la réalité l'histoire de Suzanne, Jacques et Michel, en relisant notamment le début et la fin du texte. Montrez que le titre de la nouvelle est ironique.

Une tragique histoire d'adultère

❹ Après avoir tué Michel, Suzanne et Jacques s'aperçoivent que ce meurtre a changé leur vie. Relevez les différents sentiments qu'ils éprouvent après le crime. Montrez que cette esquisse d'analyse psychologique est caractéristique du naturalisme.

5 Même mort, Michel empêche les deux amants de vivre leur passion sereinement. Montrez-le. Identifiez la trace qui subsiste du crime et dites pourquoi elle est source de souffrance pour Suzanne et pour Jacques.

6 Le récit a une dimension théâtrale. Relevez les termes qui le prouvent. Observez la structure de l'histoire (comptez les parties) et montrez en quoi elle s'apparente à celle d'une tragédie.

7 Zola donne à son récit une portée didactique. Repérez le moment où il formule la visée de son texte, et dites quelle leçon le lecteur peut tirer de l'histoire de Suzanne et de Jacques.

De la nouvelle au roman

8 À deux reprises, Zola souligne la brièveté de son récit. Trouvez ces deux passages et expliquez comment naît l'idée d'écrire un récit plus long. Dites quels épisodes, selon vous, mériteraient d'être développés.

9 Cherchez dans une encyclopédie en ligne un résumé de *Thérèse Raquin*. À l'aide d'un logiciel de traitement de texte, dressez un tableau comparatif qui indique les points communs et les différences entre l'intrigue du roman et celle de la nouvelle. Précisez l'intérêt des ajouts qui figurent dans le roman.

Rappelez-vous !

• **Le genre de la nouvelle connaît un succès sans précédent au XIXe siècle, lié à l'essor de la presse** : les nouvelles, publiées dans des journaux, captivent les lecteurs. Les nouvellistes doivent s'adapter aux contraintes éditoriales de la presse et composent des récits brefs et dynamiques, ayant une intrigue serrée, qui s'apparentent souvent à des faits divers.

• **La nouvelle est parfois un lieu d'expérimentation pour Zola** : il y crée une intrigue, des situations ou des personnages qu'il pourra reprendre ou développer dans ses romans. *Un mariage d'amour* est le point de départ de *Thérèse Raquin*, roman que Zola a publié un an après la nouvelle.

Vers l'oral du Bac

Analyse des lignes 15 à 52, p. 10-11

☛ Analyser le récit du meurtre de Michel

Conseils pour la lecture à voix haute

– Lisez cet extrait de manière assez rapide, afin de faire sentir le dynamisme du récit.
– Dans le troisième paragraphe, soulignez la sauvagerie du meurtre en insistant sur les mots qui en révèlent la violence.

Analyse du texte

■ *Introduction*

Un mariage d'amour est une courte nouvelle parue dans *Le Figaro* du 24 décembre 1866. Émile Zola y raconte l'histoire de deux amants, Jacques et Suzanne, qui tuent l'époux de cette dernière et présentent le meurtre comme un accident, afin de pouvoir se marier et vivre leur passion au grand jour. Mais une fois accompli, leur geste les hante et rend leur bonheur impossible. Ils s'enfoncent dans la peur et dans la haine, et ils ne trouvent de soulagement que dans le suicide. L'extrait que nous allons étudier est au début de l'histoire, et raconte le crime des amants. Nous analyserons donc les spécificités de ce récit de meurtre. Après avoir étudié le rythme du récit et la manière dont le meurtre est orchestré, nous montrerons en quoi les personnages sont présentés comme des êtres immoraux.

■ *Analyse guidée*

I. Un récit rythmé

a. Cet extrait constitue un récit complet, avec un début et une fin. Reformulez-en les différentes étapes, paragraphe par paragraphe, en relevant les mots ou les expressions qui soulignent leur enchaînement.

b. Les actions se succèdent rapidement. Prouvez-le en vous appuyant sur l'emploi des temps, sur les verbes d'action et sur le rythme des phrases.

c. Le portrait des personnages est à peine esquissé. Dans le premier paragraphe, relevez les indications données sur chacun d'eux, et montrez qu'il s'agit de personnages banals, voire médiocres.

II. Un meurtre bien orchestré

a. Michel est un personnage naïf, manipulé par Suzanne et Jacques. Relevez, dans le second paragraphe, les passages qui indiquent sa passivité face aux événements. Montrez que les expressions présentant la scène comme un épisode joyeux sont ironiques.

b. Le meurtre de Michel est mis en scène comme un accident où Jacques est à la fois la victime et le héros. Repérez les gestes et les paroles qui lui permettent de jouer cette « terrible comédie » ; commentez le rôle de Suzanne.

III. Des personnages immoraux

a. L'idée du meurtre semble venir naturellement à Suzanne et à Jacques. Analysez dans les trois dernières phrases du premier paragraphe ce qui peut choquer la moralité du lecteur et lui paraître paradoxal.

b. Le meurtre se fait avec sauvagerie. Relevez dans le troisième paragraphe les termes qui en révèlent la violence. Analysez la comparaison de la ligne 38.

c. Suzanne et Jacques sont lâches. Identifiez les termes qui qualifient les personnages au début et à la fin de l'extrait, et analysez les attitudes et les gestes qui prouvent leur lâcheté. Montrez qu'ils ne peuvent que susciter le mépris et la condamnation du lecteur.

■ *Conclusion*

En quelques lignes, Zola nous propose un récit de meurtre particulièrement bien mené : les actions s'enchaînent avec dynamisme, la mécanique du crime se déroule de manière implacable, et les meurtriers inspirent l'effroi. Cependant, l'histoire ne s'arrête pas là : le meurtre de Michel laisse des traces sur le corps et dans l'esprit des meurtriers, qui ne connaîtront plus jamais le repos. Le titre de la nouvelle, *Un mariage d'amour*, est donc ironique, car les personnages commencent à se haïr après leur mariage, et plongent dans une longue déchéance qui les mène au suicide.

Les trois questions de l'examinateur

Question 1. De Suzanne ou de Jacques, qui vous semble le plus coupable ? Justifiez votre réponse en vous référant au texte.
Question 2. Qu'est-ce qui peut plaire au lecteur dans cette nouvelle, selon vous ?
Question 3. Comparez cet extrait avec d'autres scènes de meurtre que vous connaissez, dans la littérature ou au cinéma. Pour chaque exemple choisi, expliquez comment le romancier ou le réalisateur parvient à rendre la scène intense.

La Mort d'Olivier Bécaille[1]

I

C'est un samedi, à six heures du matin, que je suis mort, après trois jours de maladie. Ma pauvre femme fouillait depuis un instant dans la malle, où elle cherchait du linge. Lorsqu'elle s'est relevée et qu'elle m'a vu rigide, les yeux ouverts, sans un souffle, elle est accourue, croyant à un évanouissement, me touchant les mains, se penchant sur mon visage. Puis, la terreur l'a prise ; et, affolée, elle a bégayé, en éclatant en larmes :

« Mon Dieu ! mon Dieu ! il est mort ! »

J'entendais tout, mais les sons affaiblis semblaient venir de très loin. Seul, mon œil gauche percevait encore une lueur confuse, une lumière blanchâtre où les objets se fondaient ; l'œil droit se trouvait complètement paralysé. C'était une syncope[2] de mon être entier, comme un coup de foudre qui m'avait anéanti. Ma volonté était morte, plus une fibre de ma chair ne m'obéissait. Et, dans ce néant, au-dessus de mes membres inertes, la pensée seule demeurait, lente et paresseuse, mais d'une netteté parfaite.

Ma pauvre Marguerite pleurait, tombée à genoux devant le lit, répétant d'une voix déchirée :

---

1. Le texte a paru dans *Le Messager de l'Europe* de mars 1879, puis dans *Le Voltaire* du 30 avril et du 1er au 5 mai 1879, avant d'être repris dans le recueil de nouvelles *Naïs Micoulin* en 1884.

2. Syncope : perte de connaissance brutale.

« Il est mort, mon Dieu ! il est mort ! »

Était-ce donc la mort, ce singulier état de torpeur[1], cette chair frappée d'immobilité, tandis que l'intelligence fonctionnait toujours ? Était-ce mon âme qui s'attardait ainsi dans mon crâne, avant de prendre son vol ? Depuis mon enfance, j'étais sujet à des crises nerveuses. Deux fois, tout jeune, des fièvres aiguës avaient failli m'emporter. Puis, autour de moi, on s'était habitué à me voir maladif ; et moi-même j'avais défendu à Marguerite d'aller chercher un médecin, lorsque je m'étais couché le matin de notre arrivée à Paris, dans cet hôtel meublé de la rue Dauphine. Un peu de repos suffirait, c'était la fatigue du voyage qui me courbaturait ainsi. Pourtant, je me sentais plein d'une angoisse affreuse. Nous avions quitté brusquement notre province, très pauvres, ayant à peine de quoi attendre les appointements[2] de mon premier mois, dans l'administration où je m'étais assuré une place. Et voilà qu'une crise subite m'emportait !

Était-ce bien la mort ? Je m'étais imaginé une nuit plus noire, un silence plus lourd. Tout petit, j'avais déjà peur de mourir. Comme j'étais débile[3] et que les gens me caressaient avec compassion, je pensais constamment que je ne vivrais pas, qu'on m'enterrerait de bonne heure. Et cette pensée de la terre me causait une épouvante, à laquelle je ne pouvais m'habituer, bien qu'elle me hantât nuit et jour. En grandissant, j'avais gardé cette idée fixe. Parfois, après des journées de réflexion, je croyais avoir vaincu ma peur. Eh bien ! on mourait, c'était fini ; tout le monde mourait un jour, rien ne devait être plus commode ni meilleur. J'arrivais presque à être gai, je regardais la mort en face. Puis, un frisson brusque me glaçait, me rendait à mon vertige, comme si une main géante m'eût balancé au-dessus d'un gouffre noir. C'était la pensée de la terre qui revenait et emportait mes raisonnements. Que de fois, la nuit, je me suis réveillé en sursaut, ne sachant quel souffle avait passé

1. **Torpeur** : engourdissement, somnolence.
2. **Appointements** : salaire.
3. **Débile** : faible, manquant de force.

sur mon sommeil, joignant les mains avec désespoir, balbutiant : « Mon Dieu ! mon Dieu ! il faut mourir ! » Une anxiété me serrait la poitrine, la nécessité de la mort me paraissait plus abominable, dans l'étourdissement du réveil. Je ne me rendormais qu'avec peine, le sommeil m'inquiétait, tellement il ressemblait à la mort. Si j'allais dormir toujours ! Si je fermais les yeux pour ne les rouvrir jamais !

J'ignore si d'autres ont souffert ce tourment. Il a désolé[1] ma vie. La mort s'est dressée entre moi et tout ce que j'ai aimé. Je me souviens des plus heureux instants que j'ai passés avec Marguerite. Dans les premiers mois de notre mariage, lorsqu'elle dormait la nuit à mon côté, lorsque je songeais à elle en faisant des rêves d'avenir, sans cesse l'attente d'une séparation fatale gâtait mes joies, détruisait mes espoirs. Il faudrait nous quitter, peut-être demain, peut-être dans une heure. Un immense découragement me prenait, je me demandais à quoi bon le bonheur d'être ensemble, puisqu'il devait aboutir à un déchirement si cruel. Alors, mon imagination se plaisait dans le deuil. Qui partirait le premier, elle ou moi ? Et l'une ou l'autre alternative m'attendrissait aux larmes, en déroulant le tableau de nos vies brisées. Aux meilleures époques de mon existence, j'ai eu ainsi des mélancolies soudaines que personne ne comprenait. Lorsqu'il m'arrivait une bonne chance, on s'étonnait de me voir sombre. C'était que, tout d'un coup, l'idée de mon néant avait traversé ma joie. Le terrible : « À quoi bon ? » sonnait comme un glas[2] à mes oreilles. Mais le pis de ce tourment, c'est qu'on l'endure dans une honte secrète. On n'ose dire son mal à personne. Souvent le mari et la femme, couchés côte à côte, doivent frissonner du même frisson, quand la lumière est éteinte ; et ni l'un ni l'autre ne parle, car on ne parle pas de la mort, pas plus qu'on ne prononce certains mots obscènes. On a peur d'elle, jusqu'à ne point la nommer, on la cache comme on cache son sexe.

---

1. **A désolé** : a dévasté.
2. **Glas** : tintement d'une cloche d'église pour annoncer la mort ou les obsèques de quelqu'un.

Je réfléchissais à ces choses, pendant que ma chère Marguerite continuait à sangloter. Cela me faisait grand-peine de ne savoir comment calmer son chagrin, en lui disant que je ne souffrais pas. Si la mort n'était que cet évanouissement de la chair, en vérité j'avais eu tort de la tant redouter. C'était un bien-être égoïste, un repos dans lequel j'oubliais mes soucis. Ma mémoire surtout avait pris une vivacité extraordinaire. Rapidement, mon existence entière passait devant moi, ainsi qu'un spectacle auquel je me sentais désormais étranger. Sensation étrange et curieuse qui m'amusait : on aurait dit une voix lointaine qui me racontait mon histoire.

Il y avait un coin de campagne, près de Guérande, sur la route de Piriac[1], dont le souvenir me poursuivait. La route tourne, un petit bois de pins descend à la débandade une pente rocheuse. Lorsque j'avais sept ans, j'allais là avec mon père, dans une maison à demi écroulée, manger des crêpes chez les parents de Marguerite, des paludiers[2] qui vivaient déjà péniblement des salines[3] voisines. Puis, je me rappelais le collège de Nantes où j'avais grandi, dans l'ennui des vieux murs, avec le continuel désir du large horizon de Guérande, les marais salants à perte de vue, au bas de la ville, et la mer immense, étalée sous le ciel. Là, un trou noir se creusait : mon père mourait, j'entrais à l'administration de l'hôpital comme employé, je commençais une vie monotone, ayant pour unique joie mes visites du dimanche à la vieille maison de la route de Piriac. Les choses y marchaient de mal en pis, car les salines ne rapportaient presque plus rien, et le pays tombait à une grande misère. Marguerite n'était encore qu'une enfant. Elle m'aimait, parce que je la promenais dans une brouette. Mais, plus tard, le matin où je la demandai en mariage, je compris, à son geste effrayé, qu'elle me trouvait affreux. Les parents me l'avaient donnée tout de suite ; ça les débarrassait. Elle, soumise, n'avait pas dit non. Quand elle se fut habituée à l'idée d'être ma femme, elle ne parut plus trop ennuyée.

---

1. **Guérande, Piriac** : villes de bord de mer situées en Loire-Atlantique.
2. **Paludiers** : ouvriers qui travaillent dans les marais salants.
3. **Salines** : lieux d'exploitation du sel.

Le jour du mariage, à Guérande, je me souviens qu'il pleuvait à torrents; et, quand nous rentrâmes, elle dut se mettre en jupon, car sa robe était trempée.

Voilà toute ma jeunesse. Nous avons vécu quelque temps là-bas. Puis, un jour, en rentrant, je surpris ma femme pleurant à chaudes larmes. Elle s'ennuyait, elle voulait partir. Au bout de six mois, j'avais des économies, faites sou à sou, à l'aide de travaux supplémentaires; et, comme un ancien ami de ma famille s'était occupé de me trouver une place à Paris, j'emmenai la chère enfant, pour qu'elle ne pleurât plus. En chemin de fer, elle riait. La nuit, la banquette des troisièmes classes étant très dure, je la pris sur mes genoux, afin qu'elle pût dormir mollement.

C'était là le passé. Et, à cette heure, je venais de mourir sur cette couche[1] étroite d'hôtel meublé, tandis que ma femme, tombée à genoux sur le carreau, se lamentait. La tache blanche que percevait mon œil gauche pâlissait peu à peu; mais je me rappelais très nettement la chambre. À gauche, était la commode; à droite, la cheminée, au milieu de laquelle une pendule détraquée, sans balancier, marquait dix heures six minutes. La fenêtre s'ouvrait sur la rue Dauphine, noire et profonde. Tout Paris passait là, et dans un tel vacarme, que j'entendais les vitres trembler.

Nous ne connaissions personne à Paris. Comme nous avions pressé notre départ, on ne m'attendait que le lundi suivant à mon administration. Depuis que j'avais dû prendre le lit, c'était une étrange sensation que cet emprisonnement dans cette chambre, où le voyage venait de nous jeter, encore effarés de quinze heures de chemin de fer, étourdis du tumulte des rues. Ma femme m'avait soigné avec sa douceur souriante; mais je sentais combien elle était troublée. De temps à autre, elle s'approchait de la fenêtre, donnait un coup d'œil à la rue, puis revenait toute pâle, effrayée par ce grand Paris dont elle ne connaissait pas une pierre et qui grondait si terriblement. Et qu'allait-elle faire, si je ne me réveillais plus?

---

1. **Couche**: lit.

Qu'allait-elle devenir dans cette ville immense, seule, sans un soutien, ignorante de tout ?

Marguerite avait pris une de mes mains qui pendait, inerte au bord du lit ; et elle la baisait, et elle répétait follement :

« Olivier, réponds-moi… Mon Dieu ! il est mort ! il est mort ! »

La mort n'était donc pas le néant, puisque j'entendais et que je raisonnais. Seul, le néant m'avait terrifié, depuis mon enfance. Je ne m'imaginais pas la disparition de mon être, la suppression totale de ce que j'étais ; et cela pour toujours, pendant des siècles et des siècles encore, sans que jamais mon existence pût recommencer. Je frissonnais parfois, lorsque je trouvais dans un journal une date future du siècle prochain : je ne vivrais certainement plus à cette date, et cette année d'un avenir que je ne verrais pas, où je ne serais pas, m'emplissait d'angoisse. N'étais-je pas le monde, et tout ne croulerait-il pas, lorsque je m'en irais ?

Rêver de la vie dans la mort, tel avait toujours été mon espoir. Mais ce n'était pas la mort sans doute. J'allais certainement me réveiller tout à l'heure. Oui, tout à l'heure, je me pencherais et je saisirais Marguerite entre mes bras, pour sécher ses larmes. Quelle joie de nous retrouver ! Et comme nous nous aimerions davantage ! Je prendrais encore deux jours de repos, puis, j'irais à mon administration. Une vie nouvelle commencerait pour nous, plus heureuse, plus large. Seulement, je n'avais pas de hâte. Tout à l'heure, j'étais trop accablé. Marguerite avait tort de se désespérer ainsi, car je ne me sentais pas la force de tourner la tête sur l'oreiller pour lui sourire. Tout à l'heure, lorsqu'elle dirait de nouveau : « Il est mort ! mon Dieu ! il est mort ! » je l'embrasserais, je murmurerais très bas, afin de ne pas l'effrayer : « Mais non, chère enfant. Je dormais. Tu vois bien que je vis et que je t'aime. »

II

Aux cris que Marguerite poussait, la porte a été brusquement ouverte, et une voix s'est écriée :

« Qu'y a-t-il donc, ma voisine ?... Encore une crise, n'est-ce pas ? »

J'ai reconnu la voix. C'était celle d'une vieille femme, Mme Gabin, qui demeurait sur le même palier que nous. Elle s'était montrée très obligeante[1], dès notre arrivée, émue par notre position. Tout de suite, elle nous avait raconté son histoire. Un propriétaire intraitable lui avait vendu ses meubles, l'hiver dernier ; et, depuis ce temps, elle logeait à l'hôtel, avec sa fille Adèle, une gamine de dix ans. Toutes deux découpaient des abat-jour, c'était au plus si elles gagnaient quarante sous à cette besogne.

« Mon Dieu ! est-ce que c'est fini ? » demanda-t-elle en baissant la voix.

Je compris qu'elle s'approchait. Elle me regarda, me toucha, puis elle reprit avec pitié :

« Ma pauvre petite ! Ma pauvre petite ! »

Marguerite, épuisée, avait des sanglots d'enfant. Mme Gabin la souleva, l'assit dans le fauteuil boiteux qui se trouvait près de la cheminée ; et, là, elle tâcha de la consoler.

« Vrai, vous allez vous faire du mal. Ce n'est pas parce que votre mari est parti, que vous devez vous crever de désespoir. Bien sûr, quand j'ai perdu Gabin, j'étais pareille à vous, je suis restée trois jours sans pouvoir avaler gros comme ça de nourriture. Mais ça ne m'a avancée à rien ; au contraire, ça m'a enfoncée davantage... Voyons, pour l'amour de Dieu ! soyez raisonnable. »

Peu à peu, Marguerite se tut. Elle était à bout de force ; et, de temps à autre, une crise de larmes la secouait encore. Pendant ce temps, la vieille femme prenait possession de la chambre, avec une autorité bourrue[2].

---

1. **Obligeante** : serviable.
2. **Bourrue** : rude, brusque.

« Ne vous occupez de rien, répétait-elle. Justement, Dédé est allée reporter l'ouvrage ; puis, entre voisins, il faut bien s'entraider… Dites donc, vos malles ne sont pas encore complètement défaites ; mais il y a du linge dans la commode, n'est-ce pas ? »

Je l'entendis ouvrir la commode. Elle dut prendre une serviette, qu'elle vint étendre sur la table de nuit. Ensuite, elle frotta une allumette, ce qui me fit penser qu'elle allumait près de moi une des bougies de la cheminée, en guise de cierge. Je suivais chacun de ses mouvements dans la chambre, je me rendais compte de ses moindres actions.

« Ce pauvre monsieur ! murmura-t-elle. Heureusement que je vous ai entendue crier, ma chère. »

Et, tout d'un coup, la lueur vague que je voyais encore de mon œil gauche, disparut. Mme Gabin venait de me fermer les yeux. Je n'avais pas eu la sensation de son doigt sur ma paupière. Quand j'eus compris, un léger froid commença à me glacer.

Mais la porte s'était rouverte. Dédé, la gamine de dix ans, entrait en criant de sa voix flûtée :

« Maman ! maman ! ah ! je savais bien que tu étais ici !… Tiens, voilà ton compte, trois francs quatre sous… J'ai rapporté vingt douzaines d'abat-jour…

– Chut ! chut ! tais-toi donc ! » répétait vainement la mère.

Comme la petite continuait, elle lui montra le lit. Dédé s'arrêta, et je la sentis inquiète, reculant vers la porte.

« Est-ce que le monsieur dort ? demanda-t-elle très bas.

– Oui, va-t'en jouer », répondit Mme Gabin.

Mais l'enfant ne s'en allait pas. Elle devait me regarder de ses yeux agrandis, effarée et comprenant vaguement. Brusquement, elle parut prise d'une peur folle, elle se sauva en culbutant une chaise.

« Il est mort, oh ! maman, il est mort. »

Un profond silence régna. Marguerite, accablée dans le fauteuil, ne pleurait plus. Mme Gabin rôdait toujours par la chambre. Elle se remit à parler entre ses dents.

« Les enfants savent tout, au jour d'aujourd'hui. Voyez celle-là. Dieu sait si je l'élève bien ! Lorsqu'elle va faire une commission ou que je l'envoie reporter l'ouvrage, je calcule les minutes, pour être sûre qu'elle ne galopine pas[1]… Ça ne fait rien, elle sait tout, elle a vu d'un coup d'œil ce qu'il en était. Pourtant, on ne lui a jamais montré qu'un mort, son oncle François, et, à cette époque, elle n'avait pas quatre ans… Enfin, il n'y a plus d'enfants, que voulez-vous ! »

Elle s'interrompit, elle passa sans transition à un autre sujet.

« Dites donc, ma petite, il faut songer aux formalités, la déclaration à la mairie, puis tous les détails du convoi[2]. Vous n'êtes pas en état de vous occuper de ça. Moi, je ne veux pas vous laisser seule… Hein ? si vous le permettez, je vais voir si M. Simoneau est chez lui. »

Marguerite ne répondit pas. J'assistais à toutes ces scènes comme de très loin. Il me semblait, par moments, que je volais, ainsi qu'une flamme subtile[3], dans l'air de la chambre, tandis qu'un étranger, une masse informe reposait inerte[4] sur le lit. Cependant, j'aurais voulu que Marguerite refusât les services de ce Simoneau. Je l'avais aperçu trois ou quatre fois durant ma courte maladie. Il habitait une chambre voisine et se montrait très serviable. Mme Gabin nous avait raconté qu'il se trouvait simplement de passage à Paris, où il venait recueillir d'anciennes créances[5] de son père, retiré en province et mort dernièrement. C'était un grand garçon, très beau, très fort. Je le détestais, peut-être parce qu'il se portait bien. La veille, il était encore entré, et j'avais souffert de le voir assis près de Marguerite. Elle était si jolie, si blanche à côté de lui !

Et il l'avait regardée si profondément, pendant qu'elle lui souriait, en disant qu'il était bien bon de venir ainsi prendre de mes nouvelles !

1. **Qu'elle ne galopine pas** : qu'elle ne coure pas les rues comme un galopin.
2. **Détails du convoi** : préparatifs du convoi funéraire.
3. **Subtile** : légère, insaisissable.
4. **Inerte** : sans mouvement, sans vie.
5. **Créances** : sommes d'argent dues à une personne (à la suite d'un prêt, par exemple).

« Voici M. Simoneau », murmura Mme Gabin, qui rentrait.

Il poussa doucement la porte, et, dès qu'elle l'aperçut, Marguerite de nouveau éclata en larmes. La présence de cet ami, du seul homme qu'elle connût, réveillait en elle sa douleur. Il n'essaya pas de la consoler. Je ne pouvais le voir ; mais, dans les ténèbres qui m'enveloppaient, j'évoquais sa figure, et je le distinguais nettement, troublé, chagrin de trouver la pauvre femme dans un tel désespoir. Et qu'elle devait être belle pourtant, avec ses cheveux blonds dénoués, sa face pâle, ses chères petites mains d'enfant brûlantes de fièvre !

« Je me mets à votre disposition, madame, murmura Simoneau. Si vous voulez bien me charger de tout… »

Elle ne lui répondit que par des paroles entrecoupées. Mais, comme le jeune homme se retirait, Mme Gabin l'accompagna, et je l'entendis qui parlait d'argent, en passant près de moi. Cela coûtait toujours très cher ; elle craignait bien que la pauvre petite n'eût pas un sou. En tout cas, on pouvait la questionner. Simoneau fit taire la vieille femme. Il ne voulait pas qu'on tourmentât Marguerite. Il allait passer à la mairie et commander le convoi.

Quand le silence recommença, je me demandai si ce cauchemar durerait longtemps ainsi. Je vivais, puisque je percevais les moindres faits extérieurs. Et je commençais à me rendre un compte exact de mon état. Il devait s'agir d'un de ces cas de catalepsie[1] dont j'avais entendu parler. Déjà, quand j'étais enfant, à l'époque de ma grande maladie nerveuse, j'avais eu des syncopes de plusieurs heures. Évidemment, c'était une crise de cette nature qui me tenait rigide, comme mort, et qui trompait tout le monde autour de moi. Mais le cœur allait reprendre ses battements, le sang circulerait de nouveau dans la détente des muscles ; et je m'éveillerais, et je consolerais Marguerite. En raisonnant ainsi, je m'exhortai à[2] la patience.

Les heures passaient. Mme Gabin avait apporté son déjeuner. Marguerite refusait toute nourriture. Puis, l'après-midi s'écoula. Par

---

1. **Catalepsie** : paralysie.
2. **M'exhortai à** : m'incitai à.

la fenêtre laissée ouverte, montaient les bruits de la rue Dauphine. À un léger tintement du cuivre du chandelier sur le marbre de la table de nuit, il me sembla qu'on venait de changer la bougie. Enfin, Simoneau reparut.

« Eh bien ? lui demanda à demi-voix la vieille femme.

– Tout est réglé, répondit-il. Le convoi est pour demain onze heures… Ne vous inquiétez de rien et ne parlez pas de ces choses devant cette pauvre femme. »

Mme Gabin reprit quand même :

« Le médecin des morts n'est pas venu encore. »

Simoneau alla s'asseoir près de Marguerite, l'encouragea, et se tut. Le convoi était pour le lendemain onze heures : cette parole retentissait dans mon crâne comme un glas. Et ce médecin qui ne venait point, ce médecin des morts, comme le nommait Mme Gabin ! Lui, verrait bien tout de suite que j'étais simplement en léthargie[1]. Il ferait le nécessaire, il saurait m'éveiller. Je l'attendais dans une impatience affreuse.

Cependant, la journée s'écoula. Mme Gabin, pour ne pas perdre son temps, avait fini par apporter ses abat-jour. Même, après en avoir demandé la permission à Marguerite, elle fit venir Dédé, parce que, disait-elle, elle n'aimait guère laisser les enfants longtemps seuls.

« Allons, entre, murmura-t-elle en amenant la petite, et ne fais pas la bête, ne regarde pas de ce côté, ou tu auras affaire à moi. »

Elle lui défendait de me regarder, elle trouvait cela plus convenable. Dédé, sûrement, glissait des coups d'œil de temps à autre, car j'entendais sa mère lui allonger des claques sur les bras. Elle lui répétait furieusement :

« Travaille, ou je te fais sortir. Et, cette nuit, le monsieur ira te tirer les pieds. »

Toutes deux, la mère et la fille, s'étaient installées devant notre table. Le bruit de leurs ciseaux découpant les abat-jour me parvenait distinctement ; ceux-là, très délicats, demandaient sans doute un

1. **Léthargie** : sommeil profond dû à une maladie.

découpage compliqué, car elles n'allaient pas vite : je les comptais un à un, pour combattre mon angoisse croissante.

Et, dans la chambre, il n'y avait que le petit bruit des ciseaux. Marguerite, vaincue par la fatigue, devait s'être assoupie. À deux reprises, Simoneau se leva. L'idée abominable qu'il profitait du sommeil de Marguerite, pour effleurer des lèvres ses cheveux, me torturait. Je ne connaissais pas cet homme, et je sentais qu'il aimait ma femme. Un rire de la petite Dédé acheva de m'irriter.

« Pourquoi ris-tu, imbécile ? lui demanda sa mère. Je vais te mettre sur le carré[1]... Voyons, réponds, qu'est-ce qui te fait rire ? »

L'enfant balbutiait. Elle n'avait pas ri, elle avait toussé. Moi, je m'imaginais qu'elle devait avoir vu Simoneau se pencher vers Marguerite, et que cela lui paraissait drôle.

La lampe était allumée, lorsqu'on frappa.

« Ah ! voici le médecin », dit la vieille femme.

C'était le médecin, en effet. Il ne s'excusa même pas de venir si tard. Sans doute, il avait eu bien des étages à monter, dans la journée. Comme la lampe éclairait très faiblement la chambre, il demanda :

« Le corps est ici ?

– Oui, monsieur », répondit Simoneau.

Marguerite s'était levée, frissonnante. Mme Gabin avait mis Dédé sur le palier, parce qu'un enfant n'a pas besoin d'assister à ça ; et elle s'efforçait d'entraîner ma femme vers la fenêtre, afin de lui épargner un tel spectacle.

Pourtant, le médecin venait de s'approcher d'un pas rapide. Je le devinais fatigué, pressé, impatienté. M'avait-il touché la main ? Avait-il posé la sienne sur mon cœur ? Je ne saurais le dire. Mais il me sembla qu'il s'était simplement penché d'un air indifférent.

« Voulez-vous que je prenne la lampe pour vous éclairer ? offrit Simoneau avec obligeance.

– Non, inutile », dit le médecin tranquillement.

---

1. **Carré** : palier.

Comment ! inutile ! Cet homme avait ma vie entre les mains, et il jugeait inutile de procéder à un examen attentif. Mais je n'étais pas mort ! J'aurais voulu crier que je n'étais pas mort !

« À quelle heure est-il mort ? reprit-il.

– À six heures du matin », répondit Simoneau.

Une furieuse révolte montait en moi, dans les liens terribles qui me liaient. Oh ! ne pouvoir parler, ne pouvoir remuer un membre !

Le médecin ajouta :

« Ce temps lourd est mauvais… Rien n'est fatigant comme ces premières journées de printemps. »

Et il s'éloigna. C'était ma vie qui s'en allait. Des cris, des larmes, des injures m'étouffaient, déchiraient ma gorge convulsée, où ne passait plus un souffle. Ah ! le misérable, dont l'habitude professionnelle avait fait une machine, et qui venait au lit des morts avec l'idée d'une simple formalité à remplir ! Il ne savait donc rien, cet homme ! Toute sa science était donc menteuse, puisqu'il ne pouvait d'un coup d'œil distinguer la vie de la mort ! Et il s'en allait, et il s'en allait !

« Bonsoir, monsieur », dit Simoneau.

Il y eut un silence. Le médecin devait s'incliner devant Marguerite, qui était revenue, pendant que Mme Gabin fermait la fenêtre. Puis, il sortit de la chambre, j'entendis ses pas qui descendaient l'escalier.

Allons, c'était fini, j'étais condamné. Mon dernier espoir disparaissait avec cet homme. Si je ne m'éveillais pas avant le lendemain onze heures, on m'enterrait vivant. Et cette pensée était si effroyable, que je perdis conscience de ce qui m'entourait. Ce fut comme un évanouissement dans la mort elle-même. Le dernier bruit qui me frappa fut le petit bruit des ciseaux de Mme Gabin et de Dédé. La veillée funèbre commençait. Personne ne parlait plus. Marguerite avait refusé de dormir dans la chambre de la voisine. Elle était là, couchée à demi au fond du fauteuil, avec son beau visage pâle, ses yeux clos dont les cils restaient trempés de larmes ; tandis que, silencieux dans l'ombre, assis devant elle, Simoneau la regardait.

III

Je ne puis dire quelle fut mon agonie[1], pendant la matinée du lendemain. Cela m'est demeuré comme un rêve horrible, où mes sensations étaient si singulières, si troublées, qu'il me serait difficile de les noter exactement. Ce qui rendait ma torture affreuse, c'était que j'espérais toujours un brusque réveil. Et, à mesure que l'heure du convoi approchait, l'épouvante m'étranglait davantage.

Ce fut vers le matin seulement que j'eus de nouveau conscience des personnes et des choses qui m'entouraient. Un grincement de l'espagnolette[2] me tira de ma somnolence. Mme Gabin avait ouvert la fenêtre. Il devait être environ sept heures, car j'entendais des cris de marchands, dans la rue, la voix grêle d'une gamine qui vendait du mouron[3], une autre voix enrouée criant des carottes. Ce réveil bruyant de Paris me calma d'abord : il me semblait impossible qu'on m'enfouisse dans la terre, au milieu de toute cette vie. Un souvenir achevait de me rassurer. Je me rappelais avoir vu un cas pareil au mien, lorsque j'étais employé à l'hôpital de Guérande. Un homme y avait ainsi dormi pendant vingt-huit heures, son sommeil était même si profond, que les médecins hésitaient à se prononcer ; puis, cet homme s'était assis sur son séant, et il avait pu se lever tout de suite. Moi, il y avait déjà vingt-cinq heures que je dormais. Si je m'éveillais vers dix heures, il serait temps encore.

Je tâchai de me rendre compte des personnes qui se trouvaient dans la chambre, et de ce qu'on y faisait. La petite Dédé devait jouer sur le carré, car la porte s'étant ouverte, un rire d'enfant vint du dehors. Sans doute, Simoneau n'était plus là : aucun bruit ne me révélait sa présence. Les savates[4] de Mme Gabin traînaient seules sur le carreau. On parla enfin.

---

1. **Agonie** : état d'extrême souffrance.
2. **Espagnolette** : système de fermeture de la fenêtre.
3. **Mouron** : graines dont on nourrit les oiseaux.
4. **Savates** : vieilles chaussures usées.

« Ma chère, dit la vieille, vous avez tort de ne pas en prendre pendant qu'il est chaud, ça vous soutiendrait. »

Elle s'adressait à Marguerite, et le léger égouttement du filtre, sur la cheminée, m'apprit qu'elle était en train de faire du café.

« Ce n'est pas pour dire, continua-t-elle, mais j'avais besoin de ça… À mon âge, ça ne vaut rien de veiller. Et c'est si triste, la nuit, quand il y a un malheur dans une maison… Prenez donc du café, ma chère, une larme seulement. »

Et elle força Marguerite à en boire une tasse.

« Hein ? c'est chaud, ça vous remet. Il vous faut des forces pour aller jusqu'au bout de la journée… Maintenant, si vous étiez bien sage, vous passeriez dans ma chambre, et vous attendriez là.

– Non, je veux rester », répondit Marguerite résolument.

Sa voix, que je n'avais plus entendue depuis la veille, me toucha beaucoup. Elle était changée, brisée de douleur. Ah ! chère femme ! je la sentais près de moi, comme une consolation dernière. Je savais qu'elle ne me quittait pas des yeux, qu'elle me pleurait de toutes les larmes de son cœur.

Mais les minutes passaient. Il y eut, à la porte, un bruit que je ne m'expliquai pas d'abord. On aurait dit l'emménagement d'un meuble qui se heurtait contre les murs de l'escalier trop étroit. Puis, je compris, en entendant de nouveau les larmes de Marguerite. C'était la bière [1].

« Vous venez trop tôt, dit Mme Gabin d'un air de mauvaise humeur. Posez ça derrière le lit. »

Quelle heure était-il donc ? Neuf heures peut-être. Ainsi, cette bière était déjà là. Et je la voyais dans la nuit épaisse, toute neuve, avec ses planches à peine rabotées [2]. Mon Dieu ! est-ce que tout allait finir ? Est-ce qu'on m'emporterait dans cette boîte, que je sentais à mes pieds ?

---

1. **Bière** : cercueil.
2. **Rabotées** : polies.

J'eus pourtant une suprême joie. Marguerite, malgré sa faiblesse, voulut me donner les derniers soins. Ce fut elle qui, aidée de la vieille femme, m'habilla, avec une tendresse de sœur et d'épouse. Je sentais que j'étais une fois encore entre ses bras, à chaque vêtement qu'elle me passait. Elle s'arrêtait, succombant sous l'émotion ; elle m'étreignait, elle me baignait de ses pleurs. J'aurais voulu pouvoir lui rendre son étreinte, en lui criant : « Je vis ! » et je restais impuissant, je devais m'abandonner comme une masse inerte.

« Vous avez tort, tout ça est perdu », répétait Mme Gabin.

Marguerite répondait de sa voix entrecoupée :

« Laissez-moi, je veux lui mettre ce que nous avons de plus beau. »

Je compris qu'elle m'habillait comme pour le jour de nos noces. J'avais encore ces vêtements, dont je comptais ne me servir à Paris que les grands jours. Puis, elle retomba dans le fauteuil, épuisée par l'effort qu'elle venait de faire.

Alors, tout d'un coup, Simoneau parla. Sans doute, il venait d'entrer.

« Ils sont en bas, murmura-t-il.

– Bon, ce n'est pas trop tôt, répondit Mme Gabin, en baissant également la voix. Dites-leur de monter, il faut en finir.

– C'est que j'ai peur du désespoir de cette pauvre femme. »

La vieille parut réfléchir. Elle reprit :

« Écoutez, monsieur Simoneau, vous allez l'emmener de force dans ma chambre… Je ne veux pas qu'elle reste ici. C'est un service à lui rendre… Pendant ce temps, en un tour de main, ce sera bâclé. »

Ces paroles me frappèrent au cœur. Et que devins-je, lorsque j'entendis la lutte affreuse qui s'engagea ! Simoneau s'était approché de Marguerite, en la suppliant de ne pas demeurer dans la pièce.

« Par pitié, implorait-il, venez avec moi, épargnez-vous une douleur inutile.

– Non, non, répétait ma femme, je resterai, je veux rester jusqu'au dernier moment. Songez donc que je n'ai que lui au monde, et que, lorsqu'il ne sera plus là, je serai seule. »

Cependant, près du lit, Mme Gabin soufflait à l'oreille du jeune homme :

« Marchez donc, empoignez-la, emportez-la dans vos bras. »

Est-ce que ce Simoneau allait prendre Marguerite et l'emporter ainsi ? Tout de suite, elle cria. D'un élan furieux, je voulus me mettre debout. Mais les ressorts de ma chair étaient brisés. Et je restais si rigide, que je ne pouvais même soulever les paupières pour voir ce qui se passait là, devant moi. La lutte se prolongeait, ma femme s'accrochait aux meubles, en répétant :

« Oh ! de grâce, de grâce, monsieur… Lâchez-moi, je ne veux pas. »

Il avait dû la saisir dans ses bras vigoureux, car elle ne poussait plus que des plaintes d'enfant. Il l'emporta, les sanglots se perdirent, et je m'imaginais les voir, lui grand et solide, l'emmenant sur sa poitrine, à son cou, et elle, éplorée, brisée, s'abandonnant, le suivant désormais partout où il voudrait la conduire.

« Fichtre ! ça n'a pas été sans peine ! murmura Mme Gabin. Allons, houp ! maintenant que le plancher est débarrassé ! »

Dans la colère jalouse qui m'affolait, je regardais cet enlèvement comme un rapt abominable. Je ne voyais plus Marguerite depuis la veille, mais je l'entendais encore. Maintenant, c'était fini ; on venait de me la prendre ; un homme l'avait ravie, avant même que je fusse dans la terre. Et il était avec elle, derrière la cloison, seul à la consoler, à l'embrasser peut-être !

La porte s'était ouverte de nouveau, des pas lourds marchaient dans la pièce.

« Dépêchons, dépêchons, répétait Mme Gabin. Cette petite dame n'aurait qu'à revenir. »

Elle parlait à des gens inconnus et qui ne lui répondaient que par des grognements.

« Moi, vous comprenez, je ne suis pas une parente, je ne suis qu'une voisine. Je n'ai rien à gagner dans tout ça. C'est par pure bonté de cœur que je m'occupe de leurs affaires. Et ce n'est déjà pas si gai… Oui, oui, j'ai passé la nuit. Même qu'il ne faisait guère chaud, vers quatre heures. Enfin, j'ai toujours été bête, je suis trop bonne. »

À ce moment, on tira la bière au milieu de la chambre, et je compris. Allons, j'étais condamné, puisque le réveil ne venait pas. Mes idées perdaient de leur netteté, tout roulait en moi dans une fumée noire ; et j'éprouvais une telle lassitude, que ce fut comme un soulagement, de ne plus compter sur rien.

« On n'a pas épargné le bois, dit la voix enrouée d'un croque-mort. La boîte est trop longue.

– Eh bien ! il y sera à l'aise », ajouta un autre en s'égayant.

Je n'étais pas lourd, et ils s'en félicitaient, car ils avaient trois étages à descendre. Comme ils m'empoignaient par les épaules et par les pieds, Mme Gabin tout d'un coup se fâcha.

« Sacrée gamine ! cria-t-elle, il faut qu'elle mette son nez partout… Attends, je vas te faire regarder par les fentes. »

C'était Dédé qui entrebâillait la porte et passait sa tête ébouriffée. Elle voulait voir mettre le monsieur dans la boîte. Deux claques vigoureuses retentirent, suivies d'une explosion de sanglots. Et quand la mère fut rentrée, elle causa de sa fille avec les hommes qui m'arrangeaient dans la bière.

« Elle a dix ans. C'est un bon sujet ; mais elle est curieuse… Je ne la bats pas tous les jours. Seulement, il faut qu'elle obéisse.

– Oh ! vous savez, dit un des hommes, toutes les gamines sont comme ça… Lorsqu'il y a un mort quelque part, elles sont toujours à tourner autour. »

J'étais allongé commodément, et j'aurais pu croire que je me trouvais encore sur le lit, sans une gêne et mon bras gauche, qui était un peu serré contre une planche. Ainsi qu'ils le disaient, je tenais très bien là-dedans, grâce à ma petite taille.

« Attendez, s'écria Mme Gabin, j'ai promis à sa femme de lui mettre un oreiller sous la tête. »

Mais les hommes étaient pressés, ils fourrèrent l'oreiller en me brutalisant. Un d'eux cherchait partout le marteau, avec des jurons. On l'avait oublié en bas, et il fallut descendre. Le couvercle fut posé, je ressentis un ébranlement de tout mon corps, lorsque deux coups de marteau enfoncèrent le premier clou. C'en était fait, j'avais vécu.

Puis, les clous entrèrent un à un, rapidement, tandis que le marteau sonnait en cadence. On aurait dit des emballeurs clouant une boîte de fruits secs, avec leur adresse insouciante. Dès lors, les bruits ne m'arrivèrent plus qu'assourdis et prolongés, résonnant d'une étrange manière, comme si le cercueil de sapin s'était transformé en une grande caisse d'harmonie. La dernière parole qui frappa mes oreilles, dans cette chambre de la rue Dauphine, ce fut cette phrase de Mme Gabin :

« Descendez doucement, et méfiez-vous de la rampe au second, elle ne tient plus. »

On m'emportait, j'avais la sensation d'être roulé dans une mer houleuse. D'ailleurs, à partir de ce moment, mes souvenirs sont très vagues. Je me rappelle pourtant que l'unique préoccupation qui me tenait encore, préoccupation imbécile et comme machinale, était de me rendre compte de la route que nous prenions pour aller au cimetière. Je ne connaissais pas une rue de Paris, j'ignorais la position exacte des grands cimetières, dont on avait parfois prononcé les noms devant moi, et cela ne m'empêchait pas de concentrer les derniers efforts de mon intelligence, afin de deviner si nous tournions à droite ou à gauche. Le corbillard me cahotait sur les pavés. Autour de moi, le roulement des voitures, le piétinement des passants, faisaient une clameur confuse que développait la sonorité du cercueil. D'abord, je suivis l'itinéraire avec assez de netteté. Puis, il y eut une station, on me promena, et je compris que nous étions à l'église. Mais, quand le corbillard s'ébranla de nouveau, je perdis toute conscience des lieux que nous traversions. Une volée de cloches m'avertit que nous passions près d'une église ; un roulement plus doux et continu me fit croire que nous longions une promenade. J'étais comme un condamné mené au lieu du supplice, hébété[1], attendant le coup suprême qui ne venait pas.

On s'arrêta, on me tira du corbillard. Et ce fut bâclé tout de suite. Les bruits avaient cessé, je sentais que j'étais dans un lieu désert,

1. **Hébété** : abasourdi, figé dans un état de stupeur.

sous des arbres, avec le large ciel sur ma tête. Sans doute, quelques personnes suivaient le convoi, les locataires de l'hôtel, Simoneau et d'autres, car des chuchotements arrivaient jusqu'à moi. Il y eut une psalmodie[1], un prêtre balbutiait du latin. On piétina deux minutes. Puis, brusquement, je sentis que je m'enfonçais; tandis que des cordes frottaient comme des archets, contre les angles du cercueil, qui rendait un son de contrebasse fêlée. C'était la fin. Un choc terrible, pareil au retentissement d'un coup de canon, éclata un peu à gauche de ma tête; un second choc se produisit à mes pieds; un autre, plus violent encore, me tomba sur le ventre, si sonore, que je crus la bière fendue en deux. Et je m'évanouis.

IV

Combien de temps restai-je ainsi? je ne saurais le dire. Une éternité et une seconde ont la même durée dans le néant. Je n'étais plus. Peu à peu, confusément, la conscience d'être me revint. Je dormais toujours, mais je me mis à rêver. Un cauchemar se détacha du fond noir qui barrait mon horizon. Et ce rêve que je faisais était une imagination étrange, qui m'avait souvent tourmenté autrefois, les yeux ouverts, lorsque, avec ma nature prédisposée aux inventions horribles, je goûtais l'atroce plaisir de me créer des catastrophes.

Je m'imaginais donc que ma femme m'attendait quelque part, à Guérande, je crois, et que j'avais pris le chemin de fer pour aller la rejoindre. Comme le train passait sous un tunnel, tout à coup, un effroyable bruit roulait avec un fracas de tonnerre. C'était un double écroulement qui venait de se produire. Notre train n'avait pas reçu une pierre, les wagons restaient intacts; seulement, aux deux bouts du tunnel, devant et derrière nous, la voûte s'était effondrée, et nous nous trouvions ainsi au centre d'une montagne, murés

1. **Psalmodie**: chant religieux dit sur un ton monocorde.

par des blocs de rocher. Alors commençait une longue et affreuse agonie. Aucun espoir de secours ; il fallait un mois pour déblayer le tunnel ; encore ce travail demandait-il des précautions infinies, des machines puissantes. Nous étions prisonniers dans une sorte de cave sans issue. Notre mort à tous n'était plus qu'une question d'heures.

Souvent, je le répète, mon imagination avait travaillé sur cette donnée terrible. Je variais le drame à l'infini. J'avais pour acteurs des hommes, des femmes, des enfants, plus de cent personnes, toute une foule qui me fournissait sans cesse de nouveaux épisodes. Il se trouvait bien quelques provisions dans le train ; mais la nourriture manquait vite, et sans aller jusqu'à se manger entre eux, les misérables affamés se disputaient férocement le dernier morceau de pain. C'était un vieillard qu'on repoussait à coups de poing et qui agonisait ; c'était une mère qui se battait comme une louve, pour défendre les trois ou quatre bouchées réservées à son enfant. Dans mon wagon, deux jeunes mariés râlaient[1] aux bras l'un de l'autre, et ils n'espéraient plus, ils ne bougeaient plus. D'ailleurs, la voie était libre, les gens descendaient, rôdaient le long du train, comme des bêtes lâchées, en quête d'une proie. Toutes les classes se mêlaient, un homme très riche, un haut fonctionnaire, disait-on, pleurait au cou d'un ouvrier, en le tutoyant. Dès les premières heures, les lampes s'étaient épuisées, les feux de la locomotive avaient fini par s'éteindre. Quand on passait d'un wagon à un autre, on tâtait les roues de la main pour ne pas se cogner, et l'on arrivait ainsi à la locomotive, que l'on reconnaissait à sa bielle[2] froide, à ses énormes flancs endormis, force inutile, muette et immobile dans l'ombre. Rien n'était plus effrayant que ce train, ainsi muré tout entier sous terre, comme enterré vivant, avec ses voyageurs, qui mouraient un à un.

Je me complaisais, je descendais dans l'horreur des moindres détails. Des hurlements traversaient les ténèbres. Tout d'un coup,

1. **Râlaient** : produisaient un son rauque, en respirant difficilement.
2. **Bielle** : dans une locomotive à vapeur, tige permettant de faire tourner les roues.

un voisin qu'on ne savait pas là, qu'on ne voyait pas, s'abattait contre votre épaule. Mais, cette fois, ce dont je souffrais surtout, c'était du froid et du manque d'air. Jamais je n'avais eu si froid ; un manteau de neige me tombait sur les épaules, une humidité lourde pleuvait sur mon crâne. Et j'étouffais avec cela, il me semblait que la voûte de rocher croulait sur ma poitrine, que toute la montagne pesait et m'écrasait. Cependant, un cri de délivrance avait retenti. Depuis longtemps, nous nous imaginions entendre au loin un bruit sourd, et nous nous bercions de l'espoir qu'on travaillait près de nous. Le salut[1] n'arrivait point de là pourtant. Un de nous venait de découvrir un puits dans le tunnel ; et nous courions tous, nous allions voir ce puits d'air, en haut duquel on apercevait une tache bleue, grande comme un pain à cacheter. Oh ! quelle joie, cette tache bleue ! C'était le ciel, nous nous grandissions vers elle pour respirer, nous distinguions nettement des points noirs qui s'agitaient, sans doute des ouvriers en train d'établir un treuil, afin d'opérer notre sauvetage. Une clameur furieuse : « Sauvés ! sauvés ! » sortait de toutes les bouches, tandis que des bras tremblants se levaient vers la petite tache d'un bleu pâle.

Ce fut la violence de cette clameur qui m'éveilla. Où étais-je ? Encore dans le tunnel sans doute. Je me trouvais couché tout de mon long, et je sentais, à droite et à gauche, de dures parois qui me serraient les flancs. Je voulus me lever, mais je me cognai violemment le crâne. Le roc m'enveloppait donc de toutes parts ? Et la tache bleue avait disparu, le ciel n'était plus là, même lointain. J'étouffais toujours, je claquais des dents, pris d'un frisson.

Brusquement, je me souvins. Une horreur souleva mes cheveux, je sentis l'affreuse vérité couler en moi, des pieds à la tête, comme une glace. Étais-je sorti enfin de cette syncope, qui m'avait frappé pendant de longues heures d'une rigidité de cadavre ? Oui, je remuais, je promenais les mains le long des planches du cercueil.

1. **Salut** : fait d'être sauvé.

Une dernière épreuve me restait à faire: j'ouvris la bouche, je parlai, appelant Marguerite, instinctivement. Mais j'avais hurlé, et ma voix, dans cette boîte de sapin, avait pris un son rauque si effrayant, que je m'épouvantai moi-même. Mon Dieu ! c'était donc vrai ? je pouvais marcher, crier que je vivais, et ma voix ne serait pas entendue, et j'étais enfermé, écrasé sous la terre !

Je fis un effort suprême pour me calmer et réfléchir. N'y avait-il aucun moyen de sortir de là ? Mon rêve recommençait, je n'avais pas encore le cerveau bien solide, je mêlais l'imagination du puits d'air et de sa tache de ciel avec la réalité de la fosse où je suffoquais. Les yeux démesurément ouverts, je regardais les ténèbres. Peut-être apercevrais-je un trou, une fente, une goutte de lumière ! Mais des étincelles de feu passaient seules dans la nuit, des clartés rouges s'élargissaient et s'évanouissaient. Rien, un gouffre noir, insondable. Puis, la lucidité me revenait, j'écartais ce cauchemar imbécile. Il me fallait toute ma tête, si je voulais tenter le salut.

D'abord, le grand danger me parut être dans l'étouffement qui augmentait. Sans doute, j'avais pu rester si longtemps privé d'air, grâce à la syncope qui suspendait en moi les fonctions de l'existence ; mais, maintenant que mon cœur battait, que mes poumons soufflaient, j'allais mourir d'asphyxie, si je ne me dégageais au plus tôt. Je souffrais également du froid, et je craignais de me laisser envahir par cet engourdissement mortel des hommes qui tombent dans la neige, pour ne plus se relever.

Tout en me répétant qu'il me fallait du calme, je sentais des bouffées de folie monter à mon crâne. Alors, je m'exhortais, essayant de me rappeler ce que je savais sur la façon dont on enterre. Sans doute, j'étais dans une concession de cinq ans ; cela m'ôtait un espoir, car j'avais remarqué autrefois, à Nantes, que les tranchées de la fosse commune laissaient passer, dans leur remblaiement continu, les pieds des dernières bières enfouies. Il m'aurait suffi alors de briser une planche pour m'échapper ; tandis que, si je me trouvais dans un trou comblé entièrement, j'avais sur moi toute une couche épaisse de terre, qui allait être un terrible obstacle. N'avais-je pas entendu dire qu'à Paris on enterrait à six pieds[1] de profondeur ? Comment percer cette masse énorme ? Si même je parvenais à fendre le couvercle, la terre n'allait-elle pas entrer, glisser comme un sable fin, m'emplir les yeux et la bouche ? Et ce serait encore la mort, une mort abominable, une noyade dans de la boue.

Cependant, je tâtai soigneusement autour de moi. La bière était grande, je remuais les bras avec facilité. Dans le couvercle, je ne sentis aucune fente. À droite et à gauche, les planches étaient mal rabotées, mais résistantes et solides. Je repliai mon bras le long de ma poitrine, pour remonter vers la tête. Là, je découvris, dans la planche du bout, un nœud qui cédait légèrement sous la pression ; je travaillai avec la plus grande peine, je finis par chasser le nœud, et de l'autre côté, en enfonçant le doigt, je reconnus la terre, une terre grasse, argileuse et mouillée. Mais cela ne m'avançait à rien. Je regrettai même d'avoir ôté ce nœud, comme si la terre avait pu entrer. Une autre expérience m'occupa un instant ; je tapai autour du cercueil, afin de savoir si, par hasard, il n'y aurait pas quelque vide, à droite ou à gauche. Partout, le son fut le même. Comme je donnais aussi de légers coups de pied, il me sembla pourtant que le son était plus clair au bout. Peut-être n'était-ce qu'un effet de la sonorité du bois.

Alors, je commençai par des poussées légères, les bras en avant, avec les poings. Le bois résista. J'employai ensuite les genoux, m'arc-boutant sur les pieds et sur les reins. Il n'y eut pas un craquement. Je finis par donner toute ma force, je poussai du corps entier, si violemment, que mes os meurtris criaient. Et ce fut à ce moment que je devins fou.

Jusque-là, j'avais résisté au vertige, aux souffles de rage qui montaient par instants en moi, comme une fumée d'ivresse. Surtout, je réprimais les cris, car je comprenais que, si je criais, j'étais perdu. Tout d'un coup, je me mis à crier, à hurler. Cela était plus fort

1. **Pieds** : ancienne unité de mesure (6 pieds équivalent à un peu moins de 2 mètres).

que moi, les hurlements sortaient de ma gorge qui se dégonflait. J'appelai au secours d'une voix que je ne me connaissais pas, m'affolant davantage à chaque nouvel appel, criant que je ne voulais pas mourir. Et j'égratignais le bois avec mes ongles, je me tordais dans les convulsions d'un loup enfermé. Combien de temps dura cette crise ? je l'ignore, mais je sens encore l'implacable dureté du cercueil où je me débattais, j'entends encore la tempête de cris et de sanglots dont j'emplissais ces quatre planches. Dans une dernière lueur de raison, j'aurais voulu me retenir et je ne pouvais pas.

Un grand accablement suivit. J'attendais la mort, au milieu d'une somnolence douloureuse. Ce cercueil était de pierre ; jamais je ne parviendrais à le fendre ; et cette certitude de ma défaite me laissait inerte, sans courage pour tenter un nouvel effort. Une autre souffrance, la faim, s'était jointe au froid et à l'asphyxie. Je défaillais. Bientôt, ce supplice fut intolérable. Avec mon doigt, je tâchai d'attirer des pincées de terre, par le nœud que j'avais enfoncé, et je mangeai cette terre, ce qui redoubla mon tourment. Je mordais mes bras, n'osant aller jusqu'au sang, tenté par ma chair, suçant ma peau avec l'envie d'y enfoncer les dents.

Ah ! comme je désirais la mort, à cette heure ! Toute ma vie, j'avais tremblé devant le néant ; et je le voulais, je le réclamais, jamais il ne serait assez noir. Quel enfantillage que de redouter ce sommeil sans rêve, cette éternité de silence et de ténèbres ! La mort n'était bonne que parce qu'elle supprimait l'être d'un coup, pour toujours. Oh ! dormir comme les pierres, rentrer dans l'argile, n'être plus !

Mes mains tâtonnantes continuaient machinalement à se promener contre le bois. Soudain, je me piquai au pouce gauche, et la légère douleur me tira de mon engourdissement. Qu'était-ce donc ? Je cherchai de nouveau, je reconnus un clou, un clou que les croque-morts avaient enfoncé de travers, et qui n'avait pas mordu dans le bord du cercueil. Il était très long, très pointu. La tête tenait dans le couvercle, mais je sentis qu'il remuait. À partir de cet instant, je n'eus plus qu'une idée : avoir ce clou. Je passai ma main droite sur mon ventre, je commençai à l'ébranler. Il ne cédait guère, c'était un gros travail. Je changeais souvent de main, car la main gauche, mal placée, se fatiguait vite. Tandis que je m'acharnais ainsi, tout un plan s'était développé dans ma tête. Ce clou devenait le salut. Il me le fallait quand même. Mais serait-il temps encore ? La faim me torturait, je dus m'arrêter, en proie à un vertige qui me laissait les mains molles, l'esprit vacillant. J'avais sucé les gouttes qui coulaient de la piqûre de mon pouce. Alors, je me mordis le bras, je bus mon sang, éperonné[1] par la douleur, ranimé par ce vin tiède et âcre[2] qui mouillait ma bouche. Et je me remis au clou des deux mains, je réussis à l'arracher.

Dès ce moment, je crus au succès. Mon plan était simple. J'enfonçai la pointe du clou dans le couvercle et je traçai une ligne droite, la plus longue possible, où je promenai le clou, de façon à pratiquer une entaille. Mes mains se roidissaient, je m'entêtais furieusement. Quand je pensai avoir assez entamé le bois, j'eus l'idée de me retourner, de me mettre sur le ventre, puis, en me soulevant sur les genoux et sur les coudes, de pousser des reins. Mais, si le couvercle craqua, il ne se fendit pas encore. L'entaille n'était pas assez profonde. Je dus me replacer sur le dos et reprendre la besogne, ce qui me coûta beaucoup de peine. Enfin, je tentai un nouvel effort, et cette fois le couvercle se brisa, d'un bout à l'autre.

Certes, je n'étais pas sauvé, mais l'espérance m'inondait le cœur. J'avais cessé de pousser, je ne bougeais plus, de peur de déterminer quelque éboulement qui m'aurait enseveli. Mon projet était de me servir du couvercle comme d'un abri, tandis que je tâcherais de pratiquer une sorte de puits dans l'argile. Malheureusement, ce travail présentait de grandes difficultés : les mottes épaisses qui se détachaient embarrassaient les planches que je ne pouvais manœuvrer ; jamais je n'arriverais au sol, déjà des éboulements partiels me pliaient l'échine et m'enfonçaient la face dans la terre. La peur me reprenait, lorsqu'en m'allongeant pour trouver un point d'appui,

1. **Éperonné** : piqué, stimulé.
2. **Âcre** : irritant.

je crus sentir que la planche qui fermait la bière, aux pieds, cédait sous la pression. Je tapai alors vigoureusement du talon, songeant qu'il pouvait y avoir, à cet endroit, une fosse qu'on était en train de creuser.

Tout d'un coup, mes pieds enfoncèrent dans le vide. La prévision était juste : une fosse nouvellement ouverte se trouvait là. Je n'eus qu'une mince cloison de terre à trouer pour rouler dans cette fosse. Grand Dieu ! j'étais sauvé !

Un instant, je restai sur le dos, les yeux en l'air, au fond du trou. Il faisait nuit. Au ciel, les étoiles luisaient dans un bleuissement de velours. Par moments, un vent qui se levait m'apportait une tiédeur de printemps, une odeur d'arbres. Grand Dieu ! j'étais sauvé, je respirais, j'avais chaud, et je pleurais, et je balbutiais, les mains dévotement[1] tendues vers l'espace. Oh ! que c'était bon de vivre !

V

Ma première pensée fut de me rendre chez le gardien du cimetière, pour qu'il me fît reconduire chez moi. Mais des idées, vagues encore, m'arrêtèrent. J'allais effrayer tout le monde. Pourquoi me presser, lorsque j'étais le maître de la situation ? Je me tâtai les membres, je n'avais que la légère morsure de mes dents au bras gauche ; et la petite fièvre qui en résultait, m'excitait, me donnait une force inespérée. Certes, je pourrais marcher sans aide.

Alors, je pris mon temps. Toutes sortes de rêveries confuses me traversaient le cerveau. J'avais senti près de moi, dans la fosse, les outils des fossoyeurs, et j'éprouvai le besoin de réparer le dégât que je venais de faire, de reboucher le trou, pour qu'on ne pût s'apercevoir de ma résurrection. À ce moment, je n'avais aucune idée nette ; je trouvais seulement inutile de publier l'aventure, éprouvant une

1. **Dévotement** : religieusement.

honte à vivre, lorsque le monde entier me croyait mort. En une demi-heure de travail, je parvins à effacer toute trace. Et je sautai hors de la fosse.

Quelle belle nuit ! Un silence profond régnait dans le cimetière. Les arbres noirs faisaient des ombres immobiles, au milieu de la blancheur des tombes. Comme je cherchais à m'orienter, je remarquai que toute une moitié du ciel flambait d'un reflet d'incendie. Paris était là. Je me dirigeai de ce côté, filant le long d'une avenue, dans l'obscurité des branches. Mais, au bout de cinquante pas, je dus m'arrêter, essoufflé déjà. Et je m'assis sur un banc de pierre. Alors seulement je m'examinai : j'étais complètement habillé, chaussé même, et seul un chapeau me manquait. Combien je remerciai ma chère Marguerite du pieux sentiment qui l'avait fait me vêtir ! Le brusque souvenir de Marguerite me remit debout. Je voulais la voir.

Au bout de l'avenue, une muraille m'arrêta. Je montai sur une tombe, et quand je fus pendu au chaperon[1], de l'autre côté du mur, je me laissai aller. La chute fut rude. Puis, je marchai quelques minutes dans une grande rue déserte, qui tournait autour du cimetière. J'ignorais complètement où j'étais ; mais je me répétais, avec l'entêtement de l'idée fixe, que j'allais rentrer dans Paris et que je saurais bien trouver la rue Dauphine. Des gens passèrent, je ne les questionnai même pas, saisi de méfiance, ne voulant me confier à personne. Aujourd'hui, j'ai conscience qu'une grosse fièvre me secouait déjà, et que ma tête se perdait. Enfin, comme je débouchais sur une grande voie, un éblouissement me prit, et je tombai lourdement sur le trottoir.

Ici, il y a un trou dans ma vie. Pendant trois semaines, je demeurai sans connaissance. Quand je m'éveillai enfin, je me trouvais dans une chambre inconnue. Un homme était là, à me soigner. Il me raconta simplement que, m'ayant ramassé un matin, sur le boulevard Montparnasse, il m'avait gardé chez lui. C'était un vieux docteur,

1. **Chaperon** : partie surmontant un mur et permettant à l'eau de s'écouler.

qui n'exerçait plus. Lorsque je le remerciais, il me répondait avec brusquerie que mon cas lui avait paru curieux et qu'il avait voulu l'étudier. D'ailleurs, dans les premiers jours de ma convalescence, il ne me permit de lui adresser aucune question. Plus tard, il ne m'en fit aucune. Durant huit jours encore, je gardai le lit, la tête faible, ne cherchant pas même à me souvenir, car le souvenir était une fatigue et un chagrin. Je me sentais plein de pudeur et de crainte. Lorsque je pourrais sortir, j'irais voir. Peut-être, dans le délire de la fièvre, avais-je laissé échapper un nom ; mais jamais le médecin ne fit allusion à ce que j'avais pu dire. Sa charité resta discrète.

Cependant, l'été était venu. Un matin de juin, j'obtins enfin la permission de faire une courte promenade. C'était une matinée superbe, un de ces gais soleils qui donnent une jeunesse aux rues du vieux Paris. J'allais doucement, questionnant les promeneurs à chaque carrefour, demandant la rue Dauphine. J'y arrivai, et j'eus de la peine à reconnaître l'hôtel meublé où nous étions descendus. Une peur d'enfant m'agitait. Si je me présentais brusquement à Marguerite, je craignais de la tuer. Le mieux peut-être serait de prévenir d'abord cette vieille femme, Mme Gabin, qui logeait là. Mais il me déplaisait de mettre quelqu'un entre nous. Je ne m'arrêtais à rien. Tout au fond de moi, il y avait comme un grand vide, comme un sacrifice accompli depuis longtemps.

La maison était toute jaune de soleil. Je l'avais reconnue à un restaurant borgne[1], qui se trouvait au rez-de-chaussée, et d'où l'on nous montait la nourriture. Je levai les yeux, je regardai la dernière fenêtre du troisième étage, à gauche. Elle était grande ouverte. Tout à coup, une jeune femme, ébouriffée, la camisole[2] de travers, vint s'accouder ; et, derrière elle, un jeune homme qui la poursuivait, avança la tête et la baisa au cou. Ce n'était pas Marguerite. Je n'éprouvai aucune surprise. Il me sembla que j'avais rêvé cela et d'autres choses encore que j'allais apprendre.

---

1. **Borgne** : louche, mal fréquenté.
2. **Camisole** : vêtement se portant sur la chemise.

Un instant, je demeurai dans la rue, indécis, songeant à monter et à questionner ces amoureux qui riaient toujours, au grand soleil. Puis, je pris le parti d'entrer dans le petit restaurant, en bas. Je devais être méconnaissable : ma barbe avait poussé pendant ma fièvre cérébrale, mon visage s'était creusé. Comme je m'asseyais à une table, je vis justement Mme Gabin qui apportait une tasse, pour acheter deux sous de café ; et elle se planta devant le comptoir, elle entama avec la dame de l'établissement les commérages de tous les jours. Je tendis l'oreille.

« Eh bien ! demandait la dame, cette pauvre petite du troisième a donc fini par se décider ?

– Que voulez-vous ? répondit Mme Gabin, c'était ce qu'elle avait de mieux à faire. M. Simoneau lui témoignait tant d'amitié !... Il avait heureusement terminé ses affaires, un gros héritage, et il lui offrait de l'emmener là-bas, dans son pays, vivre chez une tante à lui, qui a besoin d'une personne de confiance. »

La dame du comptoir eut un léger rire. J'avais enfoncé ma face dans un journal, très pâle, les mains tremblantes.

« Sans doute, ça finira par un mariage, reprit Mme Gabin. Mais je vous jure sur mon honneur que je n'ai rien vu de louche. La petite pleurait son mari, et le jeune homme se conduisait parfaitement bien... Enfin, ils sont partis hier. Quand elle ne sera plus en deuil, n'est-ce pas ? ils feront ce qu'ils voudront. »

À ce moment, la porte qui menait du restaurant dans l'allée s'ouvrit toute grande, et Dédé entra.

« Maman, tu ne montes pas ?... J'attends, moi. Viens vite.

– Tout à l'heure, tu m'embêtes ! » dit la mère.

L'enfant resta, écoutant les deux femmes, de son air précoce de gamine poussée sur le pavé de Paris.

« Dame ! après tout, expliquait Mme Gabin, le défunt ne valait pas M. Simoneau... Il ne me revenait guère, ce gringalet. Toujours à geindre ! Et pas le sou ! Ah ! non, vrai ! un mari comme ça, c'est désagréable pour une femme qui a du sang... Tandis que M. Simoneau, un homme riche, fort comme un Turc...

– Oh ! interrompit Dédé, moi, je l'ai vu, un jour qu'il se débarbouillait. Il en a, du poil sur les bras !

– Veux-tu t'en aller ! cria la vieille en la bousculant. Tu fourres toujours ton nez où il ne doit pas être. »

Puis, pour conclure :

« Tenez ! l'autre a bien fait de mourir. C'est une fière chance. »

Quand je me retrouvai dans la rue, je marchai lentement, les jambes cassées. Pourtant, je ne souffrais pas trop. J'eus même un sourire, en apercevant mon ombre au soleil. En effet, j'étais bien chétif, j'avais eu une singulière idée d'épouser Marguerite. Et je me rappelais ses ennuis de Guérande, ses impatiences, sa vie morne[1] et fatiguée. La chère femme se montrait bonne. Mais je n'avais jamais été son amant, c'était un frère qu'elle venait de pleurer. Pourquoi aurais-je de nouveau dérangé sa vie ? Un mort n'est pas jaloux. Lorsque je levai la tête, je vis que le jardin du Luxembourg était devant moi. J'y entrai et je m'assis au soleil, rêvant avec une grande douceur. La pensée de Marguerite m'attendrissait, maintenant. Je me l'imaginais en province, dame dans une petite ville, très heureuse, très aimée, très fêtée ; elle embellissait, elle avait trois garçons et deux filles. Allons ! j'étais un brave homme d'être mort, et je ne ferais certainement pas la bêtise cruelle de ressusciter.

Depuis ce temps, j'ai beaucoup voyagé, j'ai vécu un peu partout. Je suis un homme médiocre, qui a travaillé et mangé comme tout le monde. La mort ne m'effraie plus ; mais elle semble ne pas vouloir de moi, à présent que je n'ai aucune raison de vivre, et je crains qu'elle ne m'oublie.

1. **Morne** : triste.

Arrêt sur lecture 2

Pour comprendre l'essentiel

Itinéraire d'un mort vivant

❶ La première phrase de la nouvelle est particulièrement étonnante. Expliquez pourquoi en comparant le statut du narrateur au titre de la nouvelle.

❷ Résumez les différentes étapes de l'expérience vécue par Olivier Bécaille. Montrez que la nouvelle oppose deux grands mouvements : la plongée dans la mort et le retour à la vie.

❸ À deux reprises, le narrateur fait une digression dans son récit (chapitre I et chapitre IV). Expliquez à quoi servent ces deux passages, et identifiez les angoisses humaines que Zola met ici en évidence.

Une nouvelle angoissante

❹ Le narrateur est aussi le personnage principal de la nouvelle. Prouvez que le choix du point de vue interne et de la narration à la première personne est particulièrement efficace pour susciter l'effroi du lecteur.

❺ Olivier Bécaille perçoit les préparatifs de son enterrement dans les chapitres I à III. Expliquez comment la mention des perceptions du narrateur-personnage permet de présenter la scène de façon précise et d'esquisser ainsi une étude de mœurs naturaliste.

❻ Comme dans de nombreux récits naturalistes, le corps a une place très importante dans cette nouvelle. Relevez les sensations physiques ressenties par Bécaille dans les chapitres I, II et IV. Identifiez les hypothèses médicales que le personnage avance sur son état (p. 21-22), et les détails qui peuvent choquer le lecteur (p. 45-46).

Une histoire cruelle

❼ Hormis Marguerite et peut-être Simoneau, les personnages qui se succèdent dans la chambre manquent d'égards pour le mort. Relevez les détails qui le prouvent et montrez que pour eux la mort est un événement anodin.

❽ Outre le fait d'être enterré vivant, le narrateur redoute que son épouse soit séduite par un autre homme. Analysez le rôle de Simoneau dans les préparatifs de l'enterrement, et montrez que son caractère est à l'opposé de celui de Bécaille. Expliquez en quoi la situation est cruelle pour ce dernier.

❾ Mme Gabin déclare à la fin de la nouvelle que Bécaille « a bien fait de mourir » (p. 51). Expliquez pourquoi le personnage accepte sa situation. Montrez que l'image qu'il donne de lui à la fin de la nouvelle est paradoxale, et qu'il semble être à la fois un homme médiocre et héroïque.

Rappelez-vous !

• Comme il le préconise dans *Le Roman expérimental*, Zola fait découvrir à son lecteur **« un lambeau d'existence »** dans un milieu parisien modeste. Il esquisse une analyse psychologique et sociale des personnages, et met en évidence les répercussions physiologiques et psychiques d'un événement traumatisant.

• Dans cette nouvelle, **le narrateur adopte le point de vue interne** : le lecteur vit l'événement à travers le regard d'Olivier Bécaille. Il peut ainsi s'identifier au personnage principal et ressentir sa terreur d'être enterré vivant.

Vers l'oral du Bac

Analyse des lignes 339 à 391, p. 32-33

Étudier l'originalité de cette scène funèbre

Conseils pour la lecture à voix haute

– Dans cet extrait, plusieurs passages sont des discours rapportés. Veillez à varier le ton et à l'adapter à chaque personnage (la vieille femme empressée, le médecin fatigué, le jeune homme poli).

– Les sentiments d'Olivier Bécaille sont particulièrement intenses à ce moment de la nouvelle. Faites bien sentir tour à tour sa colère, son angoisse et son désespoir.

Analyse du texte

■ *Introduction*

Dans *La Mort d'Olivier Bécaille*, publiée en 1879, Émile Zola fait un choix original pour aborder l'un de ses thèmes de prédilection : il présente la mort du point de vue du mort lui-même. En effet, le narrateur de la nouvelle, qui est aussi le personnage principal, raconte une crise de paralysie qui l'a fait passer pour mort, et détaille toutes ses perceptions, pensées et impressions pendant ce terrible événement. Le texte que nous étudions se situe à la fin du deuxième chapitre, au moment où le médecin vient constater le décès. Olivier Bécaille est immobilisé dans la chambre d'un modeste hôtel parisien, entouré de son épouse, d'une voisine, Mme Gabin, de sa fille Adèle, et d'un autre résident de l'hôtel, fort beau garçon, nommé Simoneau. Nous étudierons donc l'originalité de cette scène funèbre. Après avoir montré que la scène est décrite à travers les perceptions d'Olivier Bécaille, nous nous pencherons sur les différents sentiments qu'il éprouve, puis sur la double trahison dont il est victime.

■ *Analyse guidée*

I. Les perceptions du mort

a. Les perceptions d'Olivier Bécaille nous permettent de comprendre le déroulement de cette scène. Montrez-le.

b. Une atmosphère funèbre envahit la pièce. Identifiez les détails qui mettent en place cette atmosphère. Relevez les verbes modalisateurs qui signalent qu'il ne s'agit que de suppositions du narrateur, car il ne peut pas voir ce qui se passe dans la pièce.

c. Olivier Bécaille est déclaré mort par le médecin alors qu'il est encore en vie. Analysez les passages qui montrent que le diagnostic a été rendu à la suite d'un examen négligent et qu'il est sans appel; étudiez l'opposition entre le jugement du médecin et les pensées du prétendu mort.

II. Les sentiments du mort

a. Le narrateur souligne sa propre impuissance. Prouvez-le en vous appuyant sur l'emploi du conditionnel, les négations et les occurrences du verbe «pouvoir». Analysez la métaphore des lignes 363 à 364.

b. La colère envahit Olivier Bécaille une fois qu'il est jugé mort par le médecin. Étudiez l'expression de son indignation: observez le lexique, la ponctuation, les interjections et les répétitions.

c. À la fin de l'extrait, le désespoir et la peur gagnent le personnage principal. Relevez, dans le dernier paragraphe, les termes qui évoquent la mort prochaine d'Olivier Bécaille.

III. Une double trahison

a. L'erreur du médecin risque de provoquer une mort réelle. Analysez la manière dont Olivier Bécaille critique le médecin: observez le lexique péjoratif des lignes 370 à 375, et les expressions qui soulignent son incompétence; relevez une métaphore dévalorisante qui le désigne.

b. Le narrateur craint que Simoneau ne profite de sa mort pour séduire son épouse. Étudiez le contraste entre la fragilité de Marguerite et l'attitude de Simoneau. Montrez qu'il est présenté dans la dernière phrase du texte comme un prédateur.

■ *Conclusion*

Cette scène funèbre est particulièrement originale, car elle nous fait ressentir l'événement de l'intérieur, selon le point de vue du mort. Ses sentiments d'impuissance, de révolte et de désespoir sont propres à susciter l'effroi du lecteur, qui s'identifie au personnage prisonnier de son corps inerte. Olivier Bécaille est trahi par le médecin, qui se trompe de diagnostic par négligence, et il redoute la trahison de Simoneau, le beau voisin qui risque de séduire son épouse après son enterrement. La suite de la nouvelle révèle que ses craintes étaient fondées, et montre qu'après cette terrible aventure, le rapport d'Olivier Bécaille à la mort a définitivement changé.

Les trois questions de l'examinateur

Question 1. Dans quelle mesure peut-on dire que cette nouvelle est une nouvelle naturaliste ?
Question 2. Connaissez-vous d'autres nouvelles ou romans de Zola dans lesquels l'angoisse de la mort est évoquée ?
Question 3. Observez la toile de Courbet reproduite au verso de la couverture, en début d'ouvrage. Décrivez-la précisément et expliquez en quoi cette œuvre est réaliste. Quelles comparaisons pouvez-vous établir avec la nouvelle ?

Les Coquillages de Monsieur Chabre[1]

I

Le grand chagrin de M. Chabre était de ne pas avoir d'enfant. Il avait épousé une demoiselle Catinot, de la maison Desvignes et Catinot, la blonde Estelle, grande belle fille de dix-huit ans ; et, depuis quatre ans, il attendait, anxieux, consterné, blessé de l'inutilité de ses efforts.

M. Chabre était un ancien marchand de grains[2] retiré. Il avait une belle fortune. Bien qu'il eût mené la vie chaste[3] d'un bourgeois enfoncé dans l'idée fixe de devenir millionnaire, il traînait à quarante-cinq ans des jambes alourdies de vieillard. Sa face blême[4], usée par les soucis de l'argent, était plate et banale comme un trottoir. Et il se désespérait, car un homme qui a gagné cinquante mille francs de rentes a certes le droit de s'étonner qu'il soit plus difficile d'être père que d'être riche.

La belle Mme Chabre avait alors vingt-deux ans. Elle était adorable avec son teint de pêche mûre, ses cheveux couleur de soleil,

---

1. Le texte a été publié dans *Le Messager de l'Europe* en septembre 1876 sous le titre *Bains de mer en France*, puis dans le recueil *Naïs Micoulin* en 1884 sous le titre *Les Coquillages de Monsieur Chabre*.
2. Marchand de grains : personne qui vend des céréales.
3. Chaste : ici, sage.
4. Blême : d'une pâleur maladive.

envolés sur sa nuque. Ses yeux d'un bleu vert semblaient une eau dormante, sous laquelle il était malaisé de lire. Quand son mari se plaignait de la stérilité de leur union, elle redressait sa taille souple, elle développait l'ampleur de ses hanches et de sa gorge ; et le sourire qui pinçait le coin de ses lèvres disait clairement : « Est-ce ma faute ? » D'ailleurs, dans le cercle de ses relations, Mme Chabre était regardée comme une personne d'une éducation parfaite, incapable de faire causer d'elle, suffisamment dévote[1], nourrie enfin dans les bonnes traditions bourgeoises par une mère rigide. Seules, les ailes fines de son petit nez blanc avaient parfois des battements nerveux, qui auraient inquiété un autre mari qu'un ancien marchand de grains.

Cependant, le médecin de la famille, le docteur Guiraud, gros homme fin et souriant, avait eu déjà plusieurs conversations particulières avec M. Chabre. Il lui expliquait combien la science est encore en retard. Mon Dieu ! non, on ne plantait pas un enfant comme un chêne. Pourtant, ne voulant désespérer personne, il lui avait promis de songer à son cas. Et, un matin de juillet, il vint lui dire :

« Vous devriez partir pour les bains de mer, cher monsieur... Oui, c'est excellent. Et surtout mangez beaucoup de coquillages, ne mangez que des coquillages. »

M. Chabre, repris d'espérance, demanda vivement :

« Des coquillages, docteur ?... Vous croyez que des coquillages... ?

– Parfaitement ! On a vu le traitement réussir. Entendez-vous, tous les jours des huîtres, des moules, des clovisses, des oursins, des arapèdes[2], même des homards et des langoustes. »

Puis, comme il se retirait, il ajouta négligemment, sur le seuil de la porte :

« Ne vous enterrez pas. Mme Chabre est jeune et a besoin de distractions... Allez à Trouville. L'air y est très bon. »

Trois jours après, le ménage[3] Chabre partait. Seulement, l'ancien marchand de grains avait pensé qu'il était complètement inutile

1. **Dévote** : très attachée aux pratiques religieuses.
2. **Clovisses, arapèdes** : coquillages.
3. **Ménage** : couple.

d'aller à Trouville, où il dépenserait un argent fou. On est également bien dans tous les pays pour manger des coquillages ; même, dans un pays perdu, les coquillages devaient être plus abondants et moins chers. Quant aux amusements, ils seraient toujours trop nombreux. Ce n'était pas un voyage de plaisir qu'ils faisaient.

Un ami avait enseigné à M. Chabre la petite plage du Pouliguen, près de Saint-Nazaire[1]. Mme Chabre, après un voyage de douze heures, s'ennuya beaucoup, pendant la journée qu'ils passèrent à Saint-Nazaire, dans cette ville naissante, avec ses rues neuves tracées au cordeau[2], pleines encore de chantiers de construction. Ils allèrent visiter le port, ils se traînèrent dans les rues, où les magasins hésitent entre les épiceries noires des villages et les grandes épiceries luxueuses des villes. Au Pouliguen, il n'y avait plus un seul chalet à louer. Les petites maisons de planches et de plâtre, qui semblent entourer la baie des baraques violemment peinturlurées d'un champ de foire, se trouvaient déjà envahies par des Anglais et par les riches négociants[3] de Nantes. D'ailleurs, Estelle faisait une moue, en face de ces architectures, dans lesquelles des bourgeois artistes avaient donné carrière à leur imagination.

On conseilla aux voyageurs d'aller coucher à Guérande. C'était un dimanche. Quand ils arrivèrent, vers midi, M. Chabre éprouva un saisissement, bien qu'il ne fût pas de nature poétique. La vue de Guérande, de ce bijou féodal[4] si bien conservé, avec son enceinte fortifiée et ses portes profondes, surmontées de mâchicoulis[5], l'étonna. Estelle regardait la ville silencieuse, entourée des grands arbres de ses promenades ; et, dans l'eau dormante de ses yeux, une rêverie souriait. Mais la voiture roulait toujours, le cheval passa au trot

---

1. **Le Pouliguen, Saint-Nazaire** : deux communes de Loire-Atlantique (de même que, plus loin, Guérande, Le Croisic ou Piriac).
2. **Cordeau** : petite corde utilisée dans le bâtiment pour tracer des lignes droites.
3. **Négociants** : commerçants qui traitent de grosses affaires.
4. **Féodal** : du Moyen Âge.
5. **Mâchicoulis** : galeries crénelées situées en haut des murs ou des tours d'un château fort.

sous une porte, et les roues dansèrent sur le pavé pointu des rues étroites. Les Chabre n'avaient pas échangé une parole.

« Un vrai trou ! murmura enfin l'ancien marchand de grains. Les villages, autour de Paris, sont mieux bâtis. »

Comme le ménage descendait de voiture devant l'hôtel du Commerce, situé au centre de la ville, à côté de l'église, justement on sortait de la grand-messe. Pendant que son mari s'occupait des bagages, Estelle fit quelques pas, très intéressée par le défilé des fidèles, dont un grand nombre portaient des costumes originaux. Il y avait là, en blouse blanche et en culotte bouffante, des paludiers[1] qui vivent dans les marais salants, dont le vaste désert s'étale entre Guérande et Le Croisic. Il y avait aussi des métayers[2], race complètement distincte, qui portaient la courte veste de drap et le large chapeau rond. Mais Estelle fut surtout ravie par le costume riche d'une jeune fille. La coiffe la serrait aux tempes et se terminait en pointe. Sur son corset rouge, garni de larges manches à revers, s'appliquait un plastron[3] de soie broché de fleurs voyantes. Et une ceinture, aux broderies d'or et d'argent, serrait ses trois jupes de drap bleu superposées, plissées à plis serrés ; tandis qu'un long tablier de soie orange descendait, en laissant à découvert ses bas de laine rouge et ses pieds chaussés de petites mules jaunes.

« S'il est permis ! dit M. Chabre, qui venait de se planter derrière sa femme. Il faut être en Bretagne pour voir un pareil carnaval. »

Estelle ne répondit pas. Un grand jeune homme, d'une vingtaine d'années, sortait de l'église, en donnant le bras à une vieille dame. Il était très blanc de peau, la mine fière, les cheveux d'un blond fauve. On aurait dit un géant, aux épaules larges, aux membres déjà bossués de muscles, et si tendre, si délicat pourtant, qu'il avait la figure rose d'une jeune fille, sans un poil aux joues. Comme Estelle le regardait fixement, surprise de sa grande beauté, il tourna la tête, la regarda une seconde, et rougit.

1. **Paludiers** : ouvriers qui travaillent dans les marais salants.
2. **Métayers** : exploitants agricoles.
3. **Plastron** : partie du vêtement qui couvre la poitrine.

« Tiens ! murmura M. Chabre, en voilà un au moins qui a une figure humaine. Ça fera un beau carabinier[1].

– C'est M. Hector, dit la servante de l'hôtel, qui avait entendu. Il accompagne sa maman, Mme de Plougastel... Oh ! un enfant bien doux, bien honnête ! »

Pendant le déjeuner, à la table d'hôte, les Chabre assistèrent à une vive discussion. Le conservateur des hypothèques[2], qui prenait ses repas à l'hôtel du Commerce, vanta la vie patriarcale[3] de Guérande, surtout les bonnes mœurs de la jeunesse. À l'entendre, c'était l'éducation religieuse qui conservait ainsi l'innocence des habitants. Et il donnait des exemples, il citait des faits. Mais un commis voyageur, arrivé du matin, avec des caisses de bijoux faux, ricanait, en racontant qu'il avait aperçu, le long du chemin, des filles et des garçons qui s'embrassaient derrière les haies. Il aurait voulu voir les gars du pays, si on leur avait mis sous le nez des dames aimables. Et il finit par plaisanter la religion, les curés et les religieuses, si bien que le conservateur des hypothèques jeta sa serviette et s'en alla, suffoqué. Les Chabre avaient mangé, sans dire un mot, le mari furieux des choses qu'on entendait dans les tables d'hôte, la femme paisible et souriante, comme si elle ne comprenait pas.

Pour occuper l'après-midi, le ménage visita Guérande. Dans l'église Saint-Aubin, il faisait une fraîcheur délicieuse. Ils s'y promenèrent doucement, levant les yeux vers les hautes voûtes, sous lesquelles des faisceaux de colonnettes[4] montent comme des fusées de pierre. Ils s'arrêtèrent devant les sculptures étranges des chapiteaux, où l'on voit des bourreaux scier des patients[5] en deux, et les faire cuire sur des grils, tandis qu'ils alimentent le feu avec de gros soufflets. Puis, ils parcoururent les cinq ou six rues de la ville, et M. Chabre garda son

1. **Carabinier** : soldat.
2. **Conservateur des hypothèques** : fonctionnaire chargé de percevoir les droits et les taxes d'enregistrement d'actes juridiques.
3. **Patriarcale** : qui respecte l'autorité des pères, et ici notamment celle de l'Église.
4. **Faisceaux de colonnettes** : colonnes formées d'un assemblage de petites colonnes.
5. **Patients** : hommes qui subissent un supplice.

opinion : décidément, c'était un trou, sans le moindre commerce, une de ces vieilleries du Moyen Âge, comme on en avait tant démoli déjà. Les rues étaient désertes, bordées de maisons à pignon[1], qui se tassaient les unes contre les autres, pareilles à de vieilles femmes lasses. Des toits pointus, des poivrières[2] couvertes d'ardoises clouées, des tourelles d'angle, des restes de sculptures usés par le temps, faisaient de certains coins silencieux comme des musées dormant au soleil. Estelle, qui lisait des romans depuis qu'elle était mariée, avait des regards langoureux, en examinant les fenêtres à petites vitres garnies de plomb. Elle songeait à Walter Scott[3].

Mais, quand les Chabre sortirent de la ville pour en faire le tour, ils hochèrent la tête et durent convenir que c'était vraiment gentil[4]. Les murailles de granit se développent sans une brèche, dorées par le soleil, intactes comme au premier jour. Des draperies de lierre et de chèvrefeuille pendent seules des mâchicoulis. Sur les tours, qui flanquent les remparts, des arbustes ont poussé, des genêts[5] d'or, des giroflées[6] de flamme, dont les panaches[7] de fleurs brûlent dans le ciel, clair. Et, tout autour de la ville, s'étendent des promenades ombragées de grands arbres, des ormes séculaires[8], sous lesquels l'herbe pousse. On marche là à petits pas, comme sur un tapis, en longeant les anciens fossés, comblés par endroits, changés plus loin en mares stagnantes dont les eaux moussues ont d'étranges reflets. Des bouleaux, contre les murailles, y mirent leurs troncs blancs. Des nappes de plantes y étalent leurs cheveux verts. Des coups de lumière glissent entre les arbres, éclairent des coins mystérieux, des enfoncements de poterne[9], où les grenouilles

1. **Pignon** : partie triangulaire qui couronne un mur.
2. **Poivrières** : tourelles à toit conique placées à l'angle d'un bâtiment.
3. **Walter Scott** (1771-1832) : écrivain romantique écossais.
4. **Gentil** : charmant.
5. **Genêts** : arbustes à petites fleurs jaunes.
6. **Giroflées** : petites fleurs de couleur jaune ou orange.
7. **Panaches** : touffes.
8. **Ormes séculaires** : grands arbres de plus d'un siècle.
9. **Poterne** : porte donnant sur un passage secret.

mettent seules leurs sauts brusques et effarés, dans le silence recueilli des siècles morts.

« Il y a dix tours, je les ai comptées ! » s'écria M. Chabre, lorsqu'ils furent revenus à leur point de départ.

Les quatre portes de la ville l'avaient surtout frappé avec leur porche étroit et profond, où une seule voiture pouvait passer à la fois. Est-ce que ce n'était pas ridicule, au dix-neuvième siècle, de rester enfermé ainsi ? C'est lui qui aurait rasé les portes, de vraies citadelles, trouées de meurtrières, aux murs si épais, qu'on aurait pu bâtir à leur place deux maisons de six étages !

« Sans compter, ajoutait-il, les matériaux qu'on retirerait également des remparts. »

Ils étaient alors sur le Mail[1], vaste promenade exhaussée[2], formant un quart de cercle, de la porte de l'est à la porte du sud. Estelle restait songeuse, en face de l'admirable horizon qui s'étendait à des lieues[3], au-delà des toitures du faubourg. C'était d'abord une bande de nature puissante, des pins tordus par les vents de la mer, des buissons noueux, toute une végétation d'une verdure noire. Puis s'étendait le désert des marais salants, l'immense plaine nue, avec les miroirs des bassins carrés et les blancheurs des petits tas de sel, qui s'allumaient sur la nappe grise des sables. Et, plus loin, à la limite du ciel, l'Océan mettait sa profondeur bleue. Trois voiles, dans ce bleu, semblaient trois hirondelles blanches.

« Voici le jeune homme de ce matin, dit tout d'un coup M. Chabre. Tu ne trouves pas qu'il ressemble au petit des Larivière ? S'il avait une bosse, ce serait tout à fait ça. »

Estelle s'était lentement tournée. Mais Hector, planté au bord du Mail, l'air absorbé, lui aussi, par la vue lointaine de la mer, ne parut pas s'apercevoir qu'on le regardait. Alors, la jeune femme se remit lentement à marcher. Elle s'appuyait sur la longue canne de

---

1. **Mail** : promenade bordée d'arbres.
2. **Exhaussée** : surélevée.
3. **Lieues** : ancienne unité de distance (1 lieue équivaut à un peu plus de 4 kilomètres).

son ombrelle. Au bout d'une dizaine de pas, le nœud de l'ombrelle se détacha. Et les Chabre entendirent une voix derrière eux.

« Madame, madame… »

C'était Hector qui avait ramassé le nœud.

« Mille fois merci, monsieur », dit Estelle avec son tranquille sourire.

Il était bien doux, bien honnête, ce garçon. Il plut tout de suite à M. Chabre, qui lui confia son embarras sur le choix d'une plage et lui demanda même des renseignements. Hector, très timide, balbutiait.

« Je ne crois pas que vous trouviez ce que vous cherchez ni au Croisic ni au bourg de Batz, dit-il en montrant les clochers de ces petites villes à l'horizon. Je vous conseille d'aller à Piriac… »

Et il fournit des détails, Piriac était à trois lieues. Il avait un oncle dans les environs. Enfin, sur une question de M. Chabre, il affirma que les coquillages s'y trouvaient en abondance.

La jeune femme tapait l'herbe rase du bout de son ombrelle. Le jeune homme ne levait pas les yeux sur elle, comme très embarrassé par sa présence.

« Une bien jolie ville que Guérande, monsieur, finit par dire Estelle de sa voix flûtée.

– Oh ! bien jolie », balbutia Hector, en la dévorant brusquement du regard.

II

Un matin, trois jours après l'installation du ménage à Piriac, M. Chabre, debout sur la plate-forme de la jetée qui protège le petit port, surveillait placidement[1] le bain d'Estelle, en train de faire la planche. Le soleil était déjà très chaud ; et, correctement habillé,

1. **Placidement** : calmement.

en redingote noire et en chapeau de feutre, il s'abritait sous une ombrelle de touriste, à doublure verte.

« Est-elle bonne ? demanda-t-il pour avoir l'air de s'intéresser au bain de sa femme.

– Très bonne ! » répondit Estelle, en se remettant sur le ventre.

Jamais M. Chabre ne se baignait. Il avait une grande terreur de l'eau, qu'il dissimulait en disant que les médecins lui défendaient formellement les bains de mer. Quand une vague, sur le sable, roulait jusqu'à ses semelles, il se reculait avec un tressaillement, comme devant une bête méchante montrant les dents. D'ailleurs, l'eau aurait dérangé sa correction habituelle, il la trouvait malpropre et inconvenante.

« Alors, elle est bonne ? » répéta-t-il, étourdi par la chaleur, pris d'une somnolence inquiète sur ce bout de jetée.

Estelle ne répondit pas, battant l'eau de ses bras, nageant en chien. D'une hardiesse garçonnière[1], elle se baignait pendant des heures, ce qui consternait son mari, car il croyait décent de l'attendre sur le bord. À Piriac, Estelle avait trouvé le bain qu'elle aimait. Elle dédaignait la plage en pente, qu'il faut descendre longtemps, avant d'enfoncer jusqu'à la ceinture. Elle se rendait à l'extrémité de la jetée, enveloppée dans son peignoir de molleton blanc, le laissait glisser de ses épaules et piquait tranquillement une tête. Il lui fallait six mètres de fond, disait-elle, pour ne pas se cogner aux rochers. Son costume de bain sans jupe, fait d'une seule pièce, dessinait sa haute taille ; et la longue ceinture bleue qui lui ceignait les reins la cambrait, les hanches balancées d'un mouvement rythmique. Dans l'eau claire, les cheveux emprisonnés sous un bonnet de caoutchouc, d'où s'échappaient des mèches folles, elle avait la souplesse d'un poisson bleuâtre, à tête de femme, inquiétante et rose.

M. Chabre était là depuis un quart d'heure, sous le soleil ardent. Trois fois déjà, il avait consulté sa montre. Il finit par se hasarder à dire timidement :

1. **D'une hardiesse garçonnière** : avec l'assurance d'un garçon.

« Tu restes bien longtemps, ma bonne… Tu devrais sortir, les bains si longs te fatiguent.

– Mais j'entre à peine ! cria la jeune femme. On est comme dans du lait. » Puis, se remettant sur le dos :

« Si tu t'ennuies, tu peux t'en aller… Je n'ai pas besoin de toi. »

Il protesta de la tête, il déclara qu'un malheur était si vite arrivé ! Et Estelle souriait, en songeant de quel beau secours lui serait son mari, si elle était prise d'une crampe. Mais brusquement, elle regarda de l'autre côté de la jetée, dans la baie qui se creuse à gauche du village.

« Tiens ! dit-elle, qu'est-ce qu'il y a donc là-bas ? Je vais voir. »

Et elle fila rapidement, par brassées longues et régulières.

« Estelle ! Estelle ! criait M. Chabre. Veux-tu bien ne pas t'éloigner !… Tu sais que je déteste les imprudences. »

Mais Estelle ne l'écoutait pas, il dut se résigner. Debout, se haussant pour suivre la tache blanche que le chapeau de paille de sa femme faisait sur l'eau, il se contenta de changer de main son ombrelle, sous laquelle l'air surchauffé le suffoquait de plus en plus.

« Qu'a-t-elle donc vu ? murmurait-il. Ah ! oui, cette chose qui flotte là-bas… Quelque saleté. Un paquet d'algues, bien sûr. Ou un baril… Tiens ! non, ça bouge. »

Et, tout d'un coup, il reconnut l'objet.

« Mais c'est un monsieur qui nage ! »

Estelle, cependant, après quelques brassées, avait aussi parfaitement reconnu que c'était un monsieur. Alors, elle cessa de nager droit à lui, ce qu'elle sentait peu convenable. Mais, par coquetterie, heureuse de montrer sa hardiesse, elle ne revint pas à la jetée, elle continua de se diriger vers la pleine mer. Elle avançait paisiblement, sans paraître apercevoir le nageur. Celui-ci, comme si un courant l'avait porté, obliquait peu à peu vers elle. Puis, quand elle se tourna pour revenir à la jetée, il y eut une rencontre qui parut toute fortuite[1].

---

1. **Fortuite** : inattendue.

« Madame, votre santé est bonne ? demanda poliment le monsieur.

– Tiens ! c'est vous, monsieur ! » dit gaiement Estelle.

Et elle ajouta avec un léger rire :

« Comme on se retrouve tout de même ! »

C'était le jeune Hector de Plougastel. Il restait très timide, très fort et très rose dans l'eau. Un instant, ils nagèrent sans parler, à une distance décente. Ils étaient obligés de hausser la voix pour s'entendre. Pourtant, Estelle crut devoir se montrer polie.

« Nous vous remercions de nous avoir indiqué Piriac… Mon mari est enchanté.

– C'est votre mari, n'est-ce pas, ce monsieur tout seul qui est là-bas sur la jetée ? demanda Hector.

– Oui, monsieur », répondit-elle.

Et ils se turent de nouveau. Ils regardaient le mari, grand comme un insecte noir, au-dessus de la mer. M. Chabre, très intrigué, se haussait davantage, en se demandant quelle connaissance sa femme avait bien pu rencontrer en plein Océan. C'était indubitable, sa femme causait avec le monsieur. Il les voyait tourner la tête l'un vers l'autre. Ce devait être un de leurs amis de Paris. Mais il avait beau chercher, il ne trouvait personne dans leurs relations qui aurait osé s'aventurer ainsi. Et il attendait, en imprimant à son ombrelle un mouvement de toupie, pour se distraire.

« Oui, expliquait Hector à la belle Mme Chabre, je suis venu passer quelques jours chez mon oncle, dont vous apercevez là-bas le château, à mi-côte. Alors, tous les jours, pour prendre mon bain, je pars de cette pointe, en face de la terrasse, et je vais jusqu'à la jetée. Puis, je retourne. En tout, deux kilomètres. C'est un exercice excellent… Mais vous, madame, vous êtes très brave. Je n'ai jamais vu une dame aussi brave.

– Oh ! dit Estelle, toute petite j'ai pataugé… L'eau me connaît bien. Nous sommes de vieilles amies. »

Peu à peu, ils se rapprochaient, pour ne pas avoir à crier si fort. La mer, par cette chaude matinée, dormait, pareille à un vaste pan de moire[1]. Des plaques de satin s'étendaient, puis des bandes qui ressemblaient à une étoffe plissée, s'allongeaient, s'agrandissaient, portant au loin le léger frisson des courants. Quand ils furent près l'un de l'autre, la conversation devint plus intime.

L'admirable journée ! Et Hector indiquait à Estelle plusieurs points des côtes. Là, ce village, à un kilomètre de Piriac, c'était Port-aux-Loups ; en face se trouvait le Morbihan[2], dont les falaises blanches se détachaient avec la netteté d'une touche d'aquarelle ; enfin de l'autre côté, vers la pleine mer, l'île Dumet faisait une tache grise, au milieu de l'eau bleue. Estelle, à chaque indication, suivait le doigt d'Hector, s'arrêtait un instant pour regarder. Et cela l'amusait de voir ces côtes lointaines, les yeux au ras de l'eau, dans un infini limpide. Quand elle se tournait vers le soleil, c'était un éblouissement, la mer semblait se changer en un Sahara sans bornes, avec la réverbération aveuglante de l'astre sur l'immensité décolorée des sables.

« Comme c'est beau ! murmurait-elle, comme c'est beau ! »

Elle se mit sur le dos pour se reposer. Elle ne bougeait plus, les mains en croix, la tête rejetée en arrière, s'abandonnant. Et ses jambes blanches, ses bras blancs flottaient.

« Alors, vous êtes né à Guérande, monsieur ? » demanda-t-elle.

Afin de causer plus commodément, Hector se mit également sur le dos.

« Oui, madame, répondit-il. Je ne suis jamais allé qu'une fois à Nantes. »

Il donna des détails sur son éducation. Il avait grandi auprès de sa mère, qui était d'une dévotion étroite, et qui gardait intactes les traditions de l'ancienne noblesse. Son précepteur[3], un prêtre, lui avait appris à peu près ce qu'on apprend dans les collèges, en y ajoutant beaucoup de catéchisme et de blason[4]. Il montait à cheval,

1. **Moire** : tissu aux reflets changeants.
2. **Morbihan** : golfe breton.
3. **Précepteur** : personne chargée de l'éducation des enfants d'une famille.
4. **Blason** : science des armoiries de la noblesse.

tirait l'épée, était rompu aux[1] exercices du corps. Et, avec cela, il semblait avoir une innocence de vierge, car il communiait tous les huit jours, ne lisait jamais de romans, et devait épouser à sa majorité une cousine à lui, qui était laide.

« Comment ! vous avez vingt ans à peine ! » s'écria Estelle, en jetant un coup d'œil étonné sur ce colosse enfant.

Elle devint maternelle. Cette fleur de la forte race bretonne l'intéressait. Mais, comme ils restaient tous deux sur le dos, les yeux perdus dans la transparence du ciel, ne s'inquiétant plus autrement de la terre, ils furent poussés si près l'un de l'autre, qu'il la heurta légèrement.

« Oh ! pardon ! » dit-il.

Il plongea, reparut quatre mètres plus loin. Elle s'était remise à nager et riait beaucoup.

« C'est un abordage », criait-elle.

Lui, était très rouge. Il se rapprochait, en la regardant sournoisement[2]. Elle lui semblait délicieuse, sous son chapeau de paille rabattu. On ne voyait que son visage, dont le menton à fossette trempait dans l'eau. Quelques gouttes tombant des mèches blondes échappées du bonnet mettaient des perles dans le duvet des joues. Et rien n'était exquis comme ce sourire, cette tête de jolie femme qui s'avançait à petit bruit, en ne laissant derrière elle qu'un filet d'argent.

Hector devint plus rouge encore, lorsqu'il s'aperçut qu'Estelle se savait regardée et s'égayait de la singulière figure qu'il devait faire.

« Monsieur votre mari paraît s'impatienter, dit-il pour renouer la conversation.

– Oh ! non, répondit-elle tranquillement, il a l'habitude de m'attendre, quand je prends mon bain. »

À la vérité, M. Chabre s'agitait. Il faisait quatre pas en avant, revenait, puis repartait, en imprimant à son ombrelle un mouvement de

1. **Était rompu aux** : était entraîné aux, habile aux.
2. **Sournoisement** : d'une façon dissimulée.

rotation plus vif, dans l'espoir de se donner de l'air. La conversation de sa femme avec le nageur inconnu commençait à le surprendre.

Estelle songea tout à coup qu'il n'avait peut-être pas reconnu Hector.

« Je vais lui crier que c'est vous », dit-elle.

Et, lorsqu'elle put être entendue de la jetée, elle haussa la voix.

« Tu sais, mon ami, c'est ce monsieur de Guérande qui a été si aimable.

– Ah ! très bien, très bien », cria à son tour M. Chabre.

Il ôta son chapeau et salua.

« L'eau est bonne, monsieur ? demanda-t-il avec politesse.

– Très bonne, monsieur », répondit Hector.

Le bain continua sous les yeux du mari, qui n'osait plus se plaindre, bien que ses pieds fussent cuits par les pierres brûlantes. Au bout de la jetée, la mer était d'une transparence admirable. On apercevait nettement le fond, à quatre ou cinq mètres, avec son sable fin, ses quelques galets mettant une tache noire ou blanche, ses herbes minces, debout, balançant leurs longs cheveux. Et ce fond limpide amusait beaucoup Estelle. Elle nageait doucement, pour ne pas trop agiter la surface ; puis, penchée, avec de l'eau jusqu'au nez, elle regardait sous elle se dérouler le sable et les galets, dans la mystérieuse et vague profondeur. Les herbes surtout lui donnaient un léger frisson, lorsqu'elle passait au-dessus d'elles. C'étaient des nappes verdâtres, comme vivantes, remuant des feuilles découpées et pareilles à un fourmillement de pattes de crabes, les unes courtes, ramassées, tapies[1] entre deux roches, les autres dégingandées[2], allongées et souples ainsi que des serpents. Elle jetait de petits cris, annonçant ses découvertes.

« Oh ! cette grosse pierre ! on dirait qu'elle bouge… Oh ! cet arbre, un vrai arbre, avec des branches !… Oh ! ça, c'est un poisson ! Il file raide. »

---

1. **Tapies** : cachées.
2. **Dégingandées** : étendues, disloquées.

Puis, tout d'un coup, elle se récria.

« Qu'est-ce que c'est donc ? un bouquet de mariée !... Comment ! il y a des bouquets de mariée dans la mer ?... Voyez, si on ne dirait pas des fleurs blanches. C'est très joli, très joli... »

Aussitôt Hector plongea. Et il reparut, tenant une poignée d'herbes blanchâtres, qui tombèrent et se fanèrent en sortant de l'eau.

« Je vous remercie bien, dit Estelle. Il ne fallait pas vous donner la peine... Tiens ! mon ami, garde-moi ça. »

Et elle jeta la poignée d'herbes aux pieds de M. Chabre. Pendant un instant encore, la jeune femme et le jeune homme nagèrent. Ils faisaient une écume bouillonnante, avançaient par brassées saccadées. Puis, tout d'un coup, leur nage semblait s'endormir, ils glissaient avec lenteur, en élargissant seulement autour d'eux des cercles qui oscillaient et se mouraient. C'était comme une intimité discrète et sensuelle, de se rouler ainsi dans le même flot. Hector, à mesure que l'eau se refermait sur le corps fuyant d'Estelle, cherchait à se glisser dans le sillage qu'elle laissait, à retrouver la place et la tiédeur de ses membres. Autour d'eux, la mer s'était calmée encore, d'un bleu dont la pâleur tournait au rose.

« Ma bonne, tu vas prendre froid, murmura M. Chabre qui suait à grosses gouttes.

– Je sors, mon ami », répondit-elle.

Elle sortit en effet, remonta vivement à l'aide d'une chaîne, le long du talus oblique de la jetée. Hector devait guetter sa sortie. Mais, quand il leva la tête au bruit de pluie qu'elle faisait, elle était déjà sur la plate-forme, enveloppée dans son peignoir. Il eut une figure si surprise et si contrariée, qu'elle sourit, en grelottant un peu ; et elle grelottait, parce qu'elle se savait charmante, agitée ainsi d'un frisson, grande, détachant sa silhouette drapée sur le ciel.

Le jeune homme dut prendre congé.

« Au plaisir de vous revoir, monsieur », dit le mari.

Et, pendant qu'Estelle, en courant sur les dalles de la jetée, suivait au-dessus de l'eau la tête d'Hector qui retraversait la baie, M. Chabre venait derrière elle, gravement, tenant à la main l'herbe marine cueillie par le jeune homme, le bras tendu pour ne pas mouiller sa redingote.

III

Les Chabre avaient loué à Piriac le premier étage d'une grande maison, dont les fenêtres donnaient sur la mer. Comme on ne trouvait dans le village que des cabarets borgnes[1], ils avaient dû prendre une femme du pays, qui leur faisait la cuisine. Une étrange cuisine par exemple, des rôtis réduits en charbon, et des sauces de couleur inquiétante, devant lesquelles Estelle préférait manger du pain. Mais, comme le disait M. Chabre, on n'était pas venu pour la gourmandise. Lui, d'ailleurs, ne touchait guère aux rôtis ni aux sauces. Il se bourrait de coquillages, matin et soir, avec une conviction d'homme qui s'administre une médecine. Le pis était qu'il détestait ces bêtes inconnues, aux formes bizarres, élevé dans une cuisine bourgeoise, fade et lavée, ayant un goût d'enfant pour les sucreries. Les coquillages lui emportaient la bouche, salés, poivrés, de saveurs si imprévues et si fortes, qu'il ne pouvait dissimuler une grimace en les avalant ; mais il aurait avalé les coquilles, s'il l'avait fallu, tant il s'entêtait dans son désir d'être père.

« Ma bonne, tu n'en manges pas ! » criait-il souvent à Estelle.

Il exigeait qu'elle en mangeât autant que lui. C'était nécessaire pour le résultat, disait-il. Et des discussions s'engageaient. Estelle prétendait que le docteur Guiraud n'avait pas parlé d'elle. Mais lui, répondait qu'il était logique de se soumettre l'un et l'autre au traitement. Alors, la jeune femme pinçait les lèvres, jetait de clairs regards sur l'obésité blême de son mari. Un irrésistible sourire creusait légèrement la fossette de son menton. Elle n'ajoutait rien, n'aimant à blesser personne. Même, ayant découvert un parc

1. **Cabarets borgnes** : cafés mal fréquentés.

d'huîtres, elle avait fini par en manger une douzaine à chacun de ses repas. Ce n'était point que, personnellement, elle eût besoin d'huîtres, mais elle les adorait.

La vie, à Piriac, était d'une monotonie ensommeillée. Il y avait seulement trois familles de baigneurs, un épicier en gros de Nantes, un ancien notaire de Guérande, homme sourd et naïf, un ménage d'Angers qui pêchait toute la journée, avec de l'eau jusqu'à la ceinture. Ce petit monde faisait peu de bruit. On se saluait, quand on se rencontrait, et les relations n'allaient pas plus loin. Sur le quai désert, la grosse émotion était de voir de loin en loin deux chiens se battre.

Estelle, habituée au vacarme de Paris, se serait ennuyée mortellement, si Hector n'avait fini par leur rendre visite tous les jours. Il devint le grand ami de M. Chabre, à la suite d'une promenade qu'ils firent ensemble sur la côte. M. Chabre, dans un moment d'expansion[1], confia au jeune homme le motif de leur voyage, tout en choisissant les termes les plus chastes pour ne pas offenser la pureté de ce grand garçon. Lorsqu'il eut expliqué scientifiquement pourquoi il mangeait tant de coquillages, Hector, stupéfié, oubliant de rougir, le regarda de la tête aux pieds, sans songer à cacher sa surprise qu'un homme pût avoir besoin de se mettre à un tel régime. Cependant, le lendemain, il s'était présenté avec un petit panier plein de clovisses, que l'ancien marchand de grains avait accepté d'un air de reconnaissance. Et, depuis ce jour, très habile à toutes les pêches, connaissant chaque roche de la baie, il ne venait plus sans apporter des coquillages. Il lui fit manger des moules superbes qu'il allait ramasser à mer basse, des oursins qu'il ouvrait et nettoyait en se piquant les doigts, des arapèdes qu'il détachait des rochers avec la pointe d'un couteau, toutes sortes de bêtes qu'il appelait de noms barbares, et auxquelles il n'avait jamais goûté lui-même. M. Chabre, enchanté, n'ayant plus à débourser un sou, se confondait en remerciements.

---

1. **Expansion** : fait de confier ses pensées intimes à quelqu'un.

Maintenant, Hector trouvait toujours un prétexte pour entrer. Chaque fois qu'il arrivait avec son petit panier, et qu'il rencontrait Estelle, il disait la même phrase :

« J'apporte des coquillages pour M. Chabre. »

Et tous deux souriaient, les yeux rapetissés et luisants. Les coquillages de M. Chabre les amusaient.

Dès lors, Estelle trouva Piriac charmant. Chaque jour, après le bain, elle faisait une promenade avec Hector. Son mari les suivait à distance, car ses jambes étaient lourdes, et ils allaient souvent trop vite pour lui. Hector montrait à la jeune femme les anciennes splendeurs de Piriac, des restes de sculptures, des portes et des fenêtres à rinceaux[1], très délicatement travaillées. Aujourd'hui, la ville de jadis est un village perdu, aux rues barrées de fumier, étranglées entre des masures[2] noires. Mais la solitude y est si douce, qu'Estelle enjambait les coulées d'ordure, intéressée par le moindre bout de muraille, jetant des coups d'œil surpris dans les intérieurs des habitants, où tout un bric-à-brac de misère traînait sur la terre battue. Hector l'arrêtait devant les figuiers superbes, aux larges feuilles de cuir velu, dont les jardins sont plantés, et qui allongent leurs branches par-dessus les clôtures basses. Ils entraient dans les ruelles les plus étroites, ils se penchaient sur les margelles[3] des puits, au fond desquels ils apercevaient leurs images souriantes, dans l'eau claire, blanche comme une glace ; tandis que, derrière eux, M. Chabre digérait ses coquillages, abrité sous la percaline[4] verte de son ombrelle, qu'il ne quittait jamais.

Une des grandes gaietés d'Estelle était les oies et les cochons, qui se promenaient en bandes, librement. Dans les premiers temps, elle avait eu très peur des cochons, dont les allures brusques, les masses de graisse roulant sur des pattes minces, lui donnaient la continuelle inquiétude d'être heurtée et renversée ; ils étaient aussi bien sales, le

1. **Rinceaux** : motifs sculptés.
2. **Masures** : maisons délabrées, misérables.
3. **Margelles** : bordures de pierre.
4. **Percaline** : fine toile de coton.

ventre noir de boue, le groin barbouillé, ronflant à terre. Mais Hector lui avait juré que les cochons étaient les meilleurs enfants du monde. Et, maintenant, elle s'amusait de leurs courses inquiètes à l'heure de la pâtée, elle s'émerveillait de leur robe de soie rose, d'une fraîcheur de robe de bal, quand il avait plu. Les oies aussi l'occupaient. Dans un trou à fumier, au bout d'une ruelle, souvent deux bandes d'oies arrivaient, chacune de son côté. Elles semblaient se saluer d'un claquement de bec, se mêlaient, happaient ensemble des épluchures de légumes. Une, en l'air, au sommet du tas, l'œil rond, le cou raidi, comme calée sur ses pattes et gonflant le duvet blanc de sa panse[1], avait une majesté tranquille de souverain, au grand nez jaune; tandis que les autres, le cou plié, cherchaient à terre, avec une musique rauque. Puis, brusquement, la grande oie descendait en jetant un cri; et les oies de sa bande suivaient, tous les cous allongés du même côté, filant en mesure dans un déhanchement d'animaux infirmes. Si un chien passait, les cous se tendaient davantage et sifflaient. Alors, la jeune femme battait des mains, suivait le défilé majestueux des deux sociétés qui rentraient chez elles, en personnes graves appelées par des affaires importantes. Un des amusements était encore de voir se baigner les cochons et les oies, qui descendaient l'après-midi sur la plage prendre leur bain, comme des hommes.

Le premier dimanche, Estelle crut devoir aller à la messe. Elle ne pratiquait pas[2], à Paris. Mais, à la campagne, la messe était une distraction, une occasion de s'habiller et de voir du monde. D'ailleurs, elle y retrouva Hector lisant dans un énorme paroissien[3] à reliure usée. Par-dessus le livre, il ne cessa de la regarder, les lèvres sérieuses, mais les yeux si luisants, qu'on y devinait des sourires. À la sortie, il lui offrit le bras, pour traverser le petit cimetière qui entoure l'église. Et, l'après-midi, après les vêpres[4], il y eut un autre spectacle, une

1. **Panse**: ventre.
2. **Ne pratiquait pas**: n'observait pas les pratiques de sa religion (comme celle d'aller à la messe).
3. **Paroissien**: livre de prières.
4. **Vêpres**: messe célébrée dans l'après-midi.

procession à un calvaire[1] planté au bout du village. Un paysan marchait le premier, tenant une bannière de soie violette brochée d'or, à hampe[2] rouge. Puis, deux longues files de femmes s'espaçaient largement. Les prêtres venaient au milieu, un curé, un vicaire[3] et le précepteur d'un château voisin, chantant à pleine voix. Enfin, derrière, à la suite d'une bannière blanche portée par une grosse fille aux bras hâlés[4], piétinait la queue des fidèles, qui se traînait avec un fort bruit de sabots, pareille à un troupeau débandé[5]. Quand la procession passa sur le port, les bannières et les coiffes blanches des femmes se détachèrent au loin sur le bleu ardent de la mer; et ce lent cortège dans le soleil prit une grande pureté.

Le cimetière attendrissait beaucoup Estelle. Elle n'aimait pas les choses tristes, d'habitude. Le jour de son arrivée, elle avait eu un frisson, en apercevant toutes ces tombes, qui se trouvaient sous sa fenêtre. L'église était sur le port, entourée des croix, dont les bras se tendaient vers l'immensité des eaux et du ciel et, les nuits de vent, les souffles du large pleuraient dans cette forêt de planches noires. Mais elle s'était vite habituée à ce deuil, tant le petit cimetière avait une douceur gaie. Les morts semblaient y sourire, au milieu des vivants qui les coudoyaient[6]. Comme le cimetière était clos d'un mur bas, à hauteur d'appui, et qu'il bouchait le passage au centre même de Piriac, les gens ne se gênaient point pour enjamber le mur et suivre les allées, à peine tracées dans les hautes herbes. Les enfants jouaient là, une débandade d'enfants lâchés au travers des dalles de granit. Des chats blottis sous des arbustes bondissaient brusquement, se poursuivaient; souvent, on y entendait des miaulements de chattes amoureuses, dont on voyait les silhouettes hérissées et les grandes queues balayant l'air. C'était un coin délicieux, envahi par

1. **Calvaire**: monument représentant la crucifixion du Christ.
2. **Hampe**: manche.
3. **Vicaire**: prêtre.
4. **Hâlés**: bronzés.
5. **Débandé**: qui va dans tous les sens.
6. **Coudoyaient**: côtoyaient.

les végétations folles, planté de fenouils gigantesques, aux larges ombelles[1] jaunes, d'une odeur si pénétrante, qu'après les journées chaudes, des souffles d'anis, venus des tombes, embaumaient Piriac tout entier. Et, la nuit, quel champ tranquille et tendre ! La paix du village endormi semblait sortir du cimetière. L'ombre effaçait les croix, des promeneurs attardés s'asseyaient sur des bancs de granit, contre le mur, pendant que la mer, en face, roulait ses vagues, dont la brise apportait la poussière salée.

Estelle, un soir qu'elle rentrait au bras d'Hector, eut l'envie de traverser le champ désert. M. Chabre trouva l'idée romanesque et protesta en suivant le quai. Elle dut quitter le bras du jeune homme, tant l'allée était étroite. Au milieu des hautes herbes, sa jupe faisait un long bruit. L'odeur des fenouils était si forte, que les chattes amoureuses ne se sauvaient point, pâmées[2] sous les verdures. Comme ils entraient dans l'ombre de l'église, elle sentit à sa taille la main d'Hector. Elle eut peur et jeta un cri.

« C'est bête ! dit-elle, quand ils sortirent de l'ombre, j'ai cru qu'un revenant m'emportait. »

Hector se mit à rire et donna une explication.

« Oh ! une branche, quelque fenouil qui a fouetté vos jupes ! »

Ils s'arrêtèrent, regardèrent les croix autour d'eux, ce profond calme de la mort qui les attendrissait ; et, sans ajouter un mot, ils s'en allèrent, très troublés.

« Tu as eu peur, je t'ai entendue, dit M. Chabre. C'est bien fait ! »

À la mer haute, par distraction, on allait voir arriver les bateaux de sardines. Lorsqu'une voile se dirigeait vers le port, Hector la signalait au ménage. Mais le mari, dès le sixième bateau, avait déclaré que c'était toujours la même chose. Estelle, au contraire, ne paraissait pas se lasser, trouvait un plaisir de plus en plus vif à se rendre sur la jetée. Il fallait courir souvent. Elle sautait sur les grosses pierres descellées[3], laissait voler ses jupes qu'elle

1. **Ombelles** : sphères de petites fleurs toutes reliées à la même tige.
2. **Pâmées** : au bord de l'évanouissement, ravies de plaisir.
3. **Descellées** : détachées, désencastrées du sol.

empoignait d'une main, afin de ne pas tomber. Elle étouffait, en arrivant, les mains à son corsage, renversée en arrière pour reprendre haleine. Et Hector la trouvait adorable ainsi, décoiffée, l'air hardi, avec son allure garçonnière. Cependant, le bateau était amarré, les pêcheurs montaient les paniers de sardines, qui avaient des reflets d'argent au soleil, des bleus et des roses de saphir et de rubis pâles. Alors, le jeune homme fournissait toujours les mêmes explications : chaque panier contenait mille sardines, le mille valait un prix fixé chaque matin selon l'abondance de la pêche, les pêcheurs partageaient le produit de la vente, après avoir abandonné un tiers pour le propriétaire du bateau. Et il y avait encore la salaison qui se faisait tout de suite, dans des caisses de bois percées de trous, pour laisser l'eau de la saumure[1] s'égoutter. Cependant, peu à peu, Estelle et son compagnon négligèrent les sardines. Ils allaient encore les voir, mais ils ne les regardaient plus. Ils partaient en courant, revenaient avec une lenteur lasse, en contemplant silencieusement la mer.

« Est-ce que la sardine est belle ? leur demandait chaque fois M. Chabre, au retour.

– Oui, très belle », répondaient-ils.

Enfin le dimanche soir, on avait à Piriac le spectacle d'un bal en plein air. Les gars et les filles du pays, les mains nouées, tournaient pendant des heures, en répétant le même vers, sur le même ton sourd et fortement rythmé. Ces grosses voix, ronflant au fond du crépuscule, prenaient à la longue un charme barbare. Estelle, assise sur la plage, ayant à ses pieds Hector, écoutait, se perdait bientôt dans une rêverie. La mer montait, avec un large bruit de caresse. On aurait dit une voix de passion, quand la vague battait le sable ; puis, cette voix s'apaisait tout d'un coup, et le cri se mourait avec l'eau qui se retirait, dans un murmure plaintif d'amour dompté. La jeune femme rêvait d'être aimée ainsi, par un géant dont elle aurait fait un petit garçon.

---

1. **Saumure** : eau salée destinée à conserver les aliments.

« Tu dois t'ennuyer à Piriac, ma bonne », demandait parfois M. Chabre à sa femme.

Et elle se hâtait de répondre :

« Mais non, mon ami, je t'assure. »

Elle s'amusait, dans ce trou perdu. Les oies, les cochons, les sardines, prenaient une importance extrême. Le petit cimetière était très gai. Cette vie endormie, cette solitude peuplée seulement de l'épicier de Nantes et du notaire sourd de Guérande, lui semblait plus tumultueuse que l'existence bruyante des plages à la mode. Au bout de quinze jours, M. Chabre, qui s'ennuyait à mourir, voulut rentrer à Paris. L'effet des coquillages, disait-il, devait être produit. Mais elle se récria.

« Oh ! mon ami, tu n'en as pas mangé assez... Je sais bien, moi, qu'il t'en faut encore. »

IV

Un soir, Hector dit au ménage :

« Nous aurons demain une grande marée... On pourrait aller pêcher des crevettes. »

La proposition parut ravir Estelle. Oui, oui, il fallait aller pêcher des crevettes ! Depuis longtemps, elle se promettait cette partie[1]. M. Chabre éleva des objections. D'abord, on ne prenait jamais rien. Ensuite, il était plus simple d'acheter, pour une pièce de vingt sous, la pêche de quelque femme du pays, sans se mouiller jusqu'aux reins et s'écorcher les pieds. Mais il dut céder devant l'enthousiasme de sa femme. Et les préparatifs furent considérables.

Hector s'était chargé de fournir les filets. M. Chabre, malgré sa peur de l'eau froide, avait déclaré qu'il serait de la partie ; et, du moment qu'il consentait à pêcher, il entendait pêcher sérieusement.

1. **Partie** : divertissement.

Le matin, il fit graisser[1] une paire de bottes. Puis, il s'habilla entièrement de toile claire ; mais sa femme ne put obtenir qu'il négligeât son nœud de cravate, dont il étala les bouts, comme s'il se rendait à un mariage. Ce nœud était sa protestation d'homme comme il faut contre le débraillé de l'Océan. Quant à Estelle, elle mit simplement son costume de bain, par-dessus lequel elle passa une camisole[2]. Hector, lui aussi, était en costume de bain.

Tous trois partirent vers deux heures. Chacun portait son filet sur l'épaule. On avait une demi-lieue à marcher au milieu des sables et des varechs[3], pour se rendre à une roche où Hector disait connaître de véritables bancs de crevettes. Il conduisit le ménage, tranquille, traversant les flaques, allant droit devant lui sans s'inquiéter des hasards du chemin. Estelle le suivait gaillardement, heureuse de la fraîcheur de ces terrains mouillés, dans lesquels ses petits pieds pataugeaient. M. Chabre, qui venait le dernier, ne voyait pas la nécessité de tremper ses bottes, avant d'être arrivé sur le lieu de la pêche. Il faisait avec conscience le tour des mares, sautait les ruisseaux que les eaux descendantes se creusaient dans le sable, choisissait les endroits secs, avec cette allure prudente et balancée d'un Parisien qui chercherait la pointe des pavés de la rue Vivienne[4], un jour de boue. Il soufflait déjà, il demandait à chaque instant :

« C'est donc bien loin, monsieur Hector ?… Tenez ! pourquoi ne pêchons-nous pas là ? Je vois des crevettes, je vous assure… D'ailleurs, il y en a partout dans la mer, n'est-ce pas ? et je parie qu'il suffit de pousser son filet.

– Poussez, poussez, monsieur Chabre », répondait Hector.

Et M. Chabre, pour respirer, donnait un coup de filet dans une mare grande comme la main. Il ne prenait rien, pas même une herbe, tant le trou d'eau était vide et clair. Alors, il se remettait en

1. **Graisser** : recouvrir d'une couche de graisse protectrice.
2. **Camisole** : vêtement se portant sur la chemise.
3. **Varechs** : algues.
4. **Rue Vivienne** : rue étroite de Paris.

marche d'un air digne, les lèvres pincées. Mais, comme il perdait du chemin à vouloir prouver qu'il devait y avoir des crevettes partout, il finissait par se trouver considérablement en arrière.

La mer baissait toujours, se reculait à plus d'un kilomètre des côtes. Le fond de galets et de roches se vidait, étalant à perte de vue un désert mouillé, raboteux[1], d'une grandeur triste, pareil à un large pays plat qu'un orage aurait dévasté. On ne voyait, au loin, que la ligne verte de la mer, s'abaissant encore, comme si la terre l'avait bue ; tandis que des rochers noirs, en longues bandes étroites, surgissaient, allongeaient lentement des promontoires[2] dans l'eau morte. Estelle, debout, regardait cette immensité nue.

« Que c'est grand ! » murmura-t-elle.

Hector lui désignait du doigt certains rochers, des blocs verdis, formant des parquets usés par la houle.

« Celui-ci, expliquait-il, ne se découvre que deux fois chaque mois. On va y chercher des moules… Apercevez-vous là-bas cette tache brune ? Ce sont les Vaches-Rousses, le meilleur endroit pour les homards. On les voit seulement aux deux grandes marées de l'année… Mais dépêchons-nous. Nous allons à ces roches dont la pointe commence à se montrer. »

Lorsque Estelle entra dans la mer, ce fut une joie. Elle levait les pieds très haut, les tapait fortement, en riant du rejaillissement de l'écume. Puis, quand elle eut de l'eau jusqu'aux genoux, il lui fallut lutter contre le flot ; et cela l'égayait de marcher vite, de sentir cette résistance, ce glissement rude et continu qui fouettait ses jambes.

« N'ayez pas peur, disait Hector, vous allez avoir de l'eau jusqu'à la ceinture, mais le fond remonte ensuite… Nous arrivons. »

Peu à peu, ils remontèrent en effet. Ils avaient traversé un petit bras de mer, et se trouvaient maintenant sur une large plaque de rochers que le flot découvrait. Lorsque la jeune femme se retourna, elle poussa un léger cri, tant elle était loin du bord. Piriac, tout

1. **Raboteux** : rugueux.
2. **Promontoires** : pointes de terre surélevées qui s'avancent dans la mer.

là-bas, au ras de la côte, alignait les quelques taches de ses maisons blanches et la tour carrée de son église, garnie de volets verts. Jamais elle n'avait vu une pareille étendue, rayée sous le grand soleil par l'or des sables, la verdure sombre des algues, les tons mouillés et éclatants des roches. C'était comme la fin de la terre, le champ de ruines où le néant commençait.

Estelle et Hector s'apprêtaient à donner leur premier coup de filet, quand une voix lamentable se fit entendre. M. Chabre, planté au milieu du petit bras de mer, demandait son chemin.

« Par où passe-t-on ? criait-il. Dites, est-ce tout droit ? »

L'eau lui montait à la ceinture, il n'osait hasarder un pas, terrifié par la pensée qu'il pouvait tomber dans un trou et disparaître.

« À gauche ! » lui cria Hector.

Il avança à gauche ; mais, comme il enfonçait toujours, il s'arrêta de nouveau, saisi, n'ayant même plus le courage de retourner en arrière. Il se lamentait.

« Venez me donner la main. Je vous assure qu'il y a des trous. Je les sens.

– À droite ! monsieur Chabre, à droite ! » cria Hector.

Et le pauvre homme était si drôle, au milieu de l'eau, avec son filet sur l'épaule et son beau nœud de cravate, qu'Estelle et Hector ne purent retenir un léger rire. Enfin, il se tira d'affaire. Mais il arriva très ému, et il dit d'un air furieux :

« Je ne sais pas nager, moi ! »

Ce qui l'inquiétait maintenant, c'était le retour. Quand le jeune homme lui eut expliqué qu'il ne fallait pas se laisser prendre sur le rocher par la marée montante, il redevint anxieux.

« Vous me préviendrez, n'est-ce pas ?

– N'ayez pas peur, je réponds de vous. »

Alors, ils se mirent tous les trois à pêcher. De leurs filets étroits, ils fouillaient les trous. Estelle y apportait une passion de femme. Ce fut elle qui prit les premières crevettes, trois grosses crevettes rouges, qui sautaient violemment au fond du filet. Avec de grands cris, elle appela Hector pour qu'il l'aidât, car ces bêtes si vives l'inquiétaient ; mais, quand elle vit qu'elles ne bougeaient plus, dès qu'on les tenait par la tête, elle s'aguerrit[1], les glissa très bien elle-même dans le petit panier qu'elle portait en bandoulière. Parfois, elle amenait tout un paquet d'herbes, et il lui fallait fouiller là-dedans, lorsqu'un bruit sec, un petit bruit d'ailes, l'avertissait qu'il y avait des crevettes au fond. Elle triait les herbes délicatement, les rejetant par minces pincées, peu rassurée devant cet enchevêtrement d'étranges feuilles, gluantes et molles comme des poissons morts. De temps à autre, elle regardait dans son panier, impatiente de le voir se remplir.

« C'est particulier, répétait M. Chabre, je n'en pêche pas une. »

Comme il n'osait se hasarder entre les fentes des rochers, très gêné d'ailleurs par ses grandes bottes qui s'étaient emplies d'eau, il poussait son filet sur le sable et n'attrapait que des crabes, cinq, huit, dix crabes à la fois. Il en avait une peur affreuse, il se battait avec eux, pour les chasser de son filet. Par moments, il se retournait, regardait avec anxiété si la mer descendait toujours.

« Vous êtes sûr qu'elle descend ? » demandait-il à Hector.

Celui-ci se contentait de hocher la tête. Lui, pêchait en gaillard qui connaissait les bons endroits. Aussi, à chaque coup, amenait-il des poignées de crevettes. Quand il levait son filet à côté d'Estelle, il mettait sa pêche dans le panier de la jeune femme. Et elle riait, clignait les yeux du côté de son mari, posant un doigt sur ses lèvres. Elle était charmante, courbée sur le long manche de bois ou bien penchant sa tête blonde au-dessus du filet, tout allumée de la curiosité de savoir ce qu'elle avait pris. Une brise soufflait, l'eau qui s'égouttait des mailles s'en allait, en pluie, la mettait dans une rosée, tandis que son costume, s'envolant et plaquant sur elle, dessinait l'élégance de son fin profil.

Depuis près de deux heures, ils pêchaient ainsi, lorsqu'elle s'arrêta pour respirer un instant, essoufflée, ses petits cheveux fauves trempés de sueur. Autour d'elle, le désert restait immense,

---

1. **S'aguerrit** : prit courage.

d'une paix souveraine ; seule, la mer prenait un frisson, avec une voix murmurante qui s'enflait. Le ciel, embrasé par le soleil de quatre heures, était d'un bleu pâle, presque gris ; et, malgré ce ton décoloré de fournaise, la chaleur ne se sentait pas, une fraîcheur montait de l'eau, balayait et blanchissait la clarté crue. Mais ce qui amusa Estelle, ce fut de voir à l'horizon, sur tous les rochers, une multitude de points qui se détachaient en noir, très nettement. C'étaient, comme eux, des pêcheurs de crevettes, d'une finesse de silhouette incroyable, pas plus gros que des fourmis, ridicules de néant dans cette immensité, et dont on distinguait les moindres attitudes, la ligne arrondie du dos, quand ils poussaient leurs filets, ou les bras tendus et gesticulants, pareils à des pattes fiévreuses de mouche, lorsqu'ils triaient leur pêche, en se battant contre les herbes et les crabes.

« Je vous assure qu'elle monte ! cria M. Chabre avec angoisse. Tenez ! ce rocher tout à l'heure était découvert.

– Sans doute elle monte, finit par répondre Hector impatienté. C'est justement lorsqu'elle monte qu'on prend le plus de crevettes. »

Mais M. Chabre perdait la tête. Dans son dernier coup de filet, il venait d'amener un poisson étrange, un diable de mer, qui le terrifiait, avec sa tête de monstre. Il en avait assez.

« Allons-nous-en ! Allons-nous-en ! répétait-il. C'est bête de faire des imprudences.

– Puisqu'on te dit que la pêche est meilleure quand la mer monte ! répondait sa femme.

– Et elle monte ferme ! » ajoutait à demi-voix Hector, les yeux allumés d'une lueur de méchanceté.

En effet, les vagues s'allongeaient, mangeaient les rochers avec une clameur plus haute. Des flots brusques envahissaient d'un coup toute une langue de terre. C'était la mer conquérante, reprenant pied à pied le domaine qu'elle balayait de sa houle depuis des siècles. Estelle avait découvert une mare plantée de longues herbes, souples comme des cheveux, et elle y prenait des crevettes énormes, s'ouvrant un sillon, laissant derrière elle la trouée d'un faucheur[1]. Elle se débattait, elle ne voulait pas qu'on l'arrachât de là.

« Tant pis ! je m'en vais ! s'écria M. Chabre, qui avait des larmes dans la voix. Il n'y a pas de bon sens, nous allons tous y rester. »

Il partit le premier, sondant avec désespoir la profondeur des trous, à l'aide du manche de son filet. Quand il fut à deux ou trois cents pas, Hector décida enfin Estelle à le suivre.

« Nous allons avoir de l'eau jusqu'aux épaules, disait-il en souriant. Un vrai bain pour M. Chabre… Voyez déjà comme il enfonce ! »

Depuis le départ, le jeune homme avait la mine sournoise et préoccupée d'un amoureux qui s'est promis de lâcher une déclaration et qui n'en trouve pas le courage. En mettant des crevettes dans le panier d'Estelle, il avait bien tâché de rencontrer ses doigts. Mais, évidemment, il était furieux de son peu d'audace. Et M. Chabre se serait noyé, qu'il aurait trouvé cela charmant, car pour la première fois M. Chabre le gênait.

« Vous ne savez pas ? dit-il tout d'un coup, vous devriez monter sur mon dos, et je vous porterai… Autrement, vous allez être trempée… Hein ? montez donc ! »

Il lui tendait l'échine. Elle refusait, gênée et rougissante. Mais il la bouscula, en criant qu'il était responsable de sa santé. Et elle monta, elle posa les deux mains sur les épaules du jeune homme. Lui, solide comme un roc, redressant l'échine, semblait avoir un oiseau sur son cou. Il lui dit de bien se tenir, et s'avança à grandes enjambées dans l'eau.

« C'est à droite, n'est-ce pas ? monsieur Hector, criait la voix lamentable de M. Chabre, dont le flot battait déjà les reins.

– Oui, à droite, toujours à droite. »

Alors, comme le mari tournait le dos, grelottant de peur en sentant la mer lui monter aux aisselles, Hector se risqua, baisa

1. **Trouée d'un faucheur** : creux que laisserait un homme fauchant l'herbe dans un champ.

une des petites mains qu'il avait sur les épaules. Estelle voulut les retirer, mais il lui dit de ne pas bouger, ou qu'il ne répondait de rien. Et il se remit à couvrir les mains de baisers. Elles étaient fraîches et salées, il buvait sur elles les voluptés amères de l'Océan.

« Je vous en prie, laissez-moi, répétait Estelle, en affectant un air courroucé. Vous abusez étrangement… Je saute dans l'eau, si vous recommencez. »

Il recommençait, et elle ne sautait pas. Il la serrait étroitement aux chevilles, il lui dévorait toujours les mains, sans dire une parole, guettant seulement ce qu'on voyait encore du dos de M. Chabre, un reste de dos tragique qui manquait de sombrer à chaque pas.

« Vous dites à droite ? implora le mari.

– À gauche, si vous voulez ! »

M. Chabre fit un pas à gauche et poussa un cri. Il venait de s'enfoncer jusqu'au cou, son nœud de cravate se noyait. Hector, tout à l'aise, lâcha son aveu.

« Je vous aime, madame…

– Taisez-vous, monsieur, je vous l'ordonne.

– Je vous aime, je vous adore… Jusqu'à présent, le respect m'a fermé la bouche… »

Il ne la regardait pas, il continuait ses longues enjambées, avec de l'eau jusqu'à la poitrine. Elle ne put retenir un grand rire, tant la situation lui sembla drôle.

« Allons, taisez-vous, reprit-elle maternellement, en lui donnant une claque sur l'épaule. Soyez sage et ne versez pas surtout ! »

Cette claque remplit Hector d'enchantement : c'était signé. Et, comme le mari restait en détresse :

« Tout droit maintenant ! » lui cria gaiement le jeune homme.

Quand ils furent arrivés sur la plage, M. Chabre voulut commencer une explication.

« J'ai failli y rester, ma parole d'honneur ! bégaya-t-il. Ce sont mes bottes… »

Mais Estelle ouvrit son panier et le lui montra plein de crevettes.

« Comment ? tu as pêché tout ça ! s'écria-t-il stupéfait. Tu pêches joliment !

– Oh ! dit-elle, souriante, en regardant Hector, monsieur m'a montré. »

V

Les Chabre ne devaient plus passer que deux jours à Piriac. Hector semblait consterné, furieux et humble pourtant. Quant à M. Chabre, il interrogeait sa santé chaque matin et se montrait perplexe.

« Vous ne pouvez pas quitter la côte sans avoir vu les rochers du Castelli, dit un soir Hector. Il faudrait organiser pour demain une promenade. »

Et il donna des explications. Les rochers se trouvaient à un kilomètre seulement. Ils longeaient la mer sur une demi-lieue d'étendue, creusés de grottes, effondrés par les vagues. À l'entendre, rien n'était plus sauvage.

« Eh bien ! nous irons demain, finit par dire Estelle. La route est-elle difficile ?

– Non, il y a deux ou trois passages où l'on se mouille les pieds, voilà tout. »

Mais M. Chabre ne voulait plus même se mouiller les pieds. Depuis son bain de la pêche aux crevettes, il nourrissait contre la mer une rancune. Aussi se montra-t-il très hostile à ce projet de promenade. C'était ridicule d'aller se risquer ainsi ; lui, d'abord, ne descendrait pas au milieu de ces rochers, car il n'avait point envie de se casser les jambes, en sautant comme une chèvre ; il les accompagnerait par le haut de la falaise, s'il le fallait absolument ; et encore faisait-il là une grande concession !

Hector, pour le calmer, eut une inspiration soudaine.

« Écoutez, dit-il, vous passerez devant le sémaphore[1] du Castelli. Eh bien ! vous pourrez entrer et acheter des coquillages aux hommes du télégraphe… Ils en ont toujours de superbes, qu'ils donnent presque pour rien.

– Ça, c'est une idée, reprit l'ancien marchand de grains, remis en belle humeur… J'emporterai un petit panier, je m'en bourrerai encore une fois… »

Et, se tournant vers sa femme, avec une intention gaillarde :

« Dis, ce sera peut-être la bonne ! »

Le lendemain, il fallut attendre la marée basse pour se mettre en marche. Puis, comme Estelle n'était pas prête, on s'attarda, on ne partit qu'à cinq heures du soir. Hector affirmait pourtant qu'on ne serait pas gagné par la haute mer. La jeune femme avait ses pieds nus dans des bottines de coutil[2]. Elle portait gaillardement une robe de toile grise, très courte, qu'elle relevait et qui découvrait ses fines chevilles. Quant à M. Chabre, il était correctement en pantalon blanc et en paletot d'alpaga[3]. Il avait pris son ombrelle et il tenait un petit panier, de l'air convaincu d'un bourgeois parisien allant faire lui-même son marché.

La route fut pénible pour arriver aux premières roches. On marchait sur une plage de sable mouvant, dans laquelle les pieds entraient. L'ancien marchand de grains soufflait comme un bœuf.

« Eh bien ! je vous laisse, je monte là-haut, dit-il enfin.

– C'est cela, prenez ce sentier, répondit Hector. Plus loin, vous seriez bloqué… Vous ne voulez pas qu'on vous aide ? » Et ils le regardèrent gagner le sommet de la falaise. Lorsqu'il y fut, il ouvrit son ombrelle et balança son panier, en criant :

« J'y suis, on est mieux là !… Et pas d'imprudence, n'est-ce pas ? D'ailleurs, je vous surveille. »

Hector et Estelle s'engagèrent au milieu des roches. Le jeune homme, chaussé de hautes bottines, marchait le premier, sautait

1. **Sémaphore** : tour située sur une côte, destinée à envoyer des signaux aux navires.
2. **Coutil** : grosse toile résistante.
3. **Paletot d'alpaga** : manteau de laine.

de pierre en pierre avec la grâce forte et l'adresse d'un chasseur de montagnes. Estelle, très hardie, choisissait les mêmes pierres; et lorsqu'il se retournait, pour lui demander:

« Voulez-vous que je vous donne la main ?

– Mais non, répondait-elle. Vous me croyez donc une grand-mère ! »

Ils étaient alors sur un vaste parquet de granit, que la mer avait usé, en le creusant de sillons profonds. On aurait dit les arêtes de quelque monstre perçant le sable, mettant au ras du sol la carcasse de ses vertèbres disloquées. Dans les creux, des filets d'eau coulaient, des algues noires retombaient comme des chevelures. Tous deux continuaient à sauter, restant en équilibre par instants, éclatant de rire quand un caillou roulait.

« On est comme chez soi, répétait gaiement Estelle. On les mettrait dans son salon, vos rochers !

– Attendez, attendez ! disait Hector. Vous allez voir. »

Ils arrivaient à un étroit passage, à une sorte de fente, qui bâillait entre deux énormes blocs. Là, dans une cuvette, il y avait une mare, un trou d'eau qui bouchait le chemin.

« Mais jamais je ne passerai ! » s'écria la jeune femme.

Lui, proposa de la porter. Elle refusa d'un long signe de tête: elle ne voulait plus être portée. Alors, il chercha partout de grosses pierres, il essaya d'établir un pont. Les pierres glissaient, tombaient au fond de l'eau.

« Donnez-moi la main, je vais sauter », finit-elle par dire, prise d'impatience.

Et elle sauta trop court, un de ses pieds resta dans la mare. Cela les fit rire. Puis, comme ils sortaient de l'étroit passage, elle laissa échapper un cri d'admiration.

Une crique se creusait, emplie d'un écroulement gigantesque de roches. Des blocs énormes se tenaient debout, comme des sentinelles avancées, portées au milieu des vagues. Le long des falaises, les gros temps avaient mangé la terre, ne laissant que les masses dénudées du granit; et c'étaient des baies enfoncées entre des promontoires, des détours brusques déroulant des salles intérieures, des bancs de marbre noirâtre allongés sur le sable, pareils à de grands poissons échoués. On aurait dit une ville cyclopéenne[1] prise d'assaut et dévastée par la mer, avec ses remparts renversés, ses tours à demi démolies, ses édifices culbutés les uns sur les autres. Hector fit visiter à la jeune femme les moindres recoins de cette ruine des tempêtes. Elle marchait sur des sables fins et jaunes comme une poudre d'or, sur des galets que des paillettes de mica[2] allumaient au soleil, sur des éboulements de rocs où elle devait par moments s'aider de ses deux mains, pour ne pas rouler dans les trous. Elle passait sous des portiques naturels, sous des arcs de triomphe qui affectaient le plein cintre de l'art roman et l'ogive élancée de l'art gothique[3]. Elle descendait dans des creux pleins de fraîcheur, au fond de déserts de dix mètres carrés, amusée par les chardons bleuâtres et les plantes grasses d'un vert sombre qui tachaient les murailles grises des falaises, intéressée par des oiseaux de mer familiers, de petits oiseaux bruns, volant à la portée de sa main, avec un léger cri cadencé et continu. Et ce qui l'émerveillait surtout, c'était, du milieu des roches, de se retourner et de retrouver toujours la mer, dont la ligne bleue reparaissait et s'élargissait entre chaque bloc, dans sa grandeur tranquille.

« Ah ! vous voilà ! cria M. Chabre du haut de la falaise. J'étais inquiet, je vous avais perdus… Dites donc, c'est effrayant, ces gouffres ! »

Il était à six pas du bord, prudemment, abrité par son ombrelle, son panier passé au bras. Il ajouta :

« Elle monte joliment vite, prenez garde !

– Nous avons le temps, n'ayez pas peur », répondit Hector.

Estelle, qui s'était assise, restait sans paroles devant l'immense horizon. En face d'elle, trois piliers de granit, arrondis par le flot,

---

1. **Cyclopéenne** : gigantesque.
2. **Mica** : minéral à l'éclat métallique.
3. En architecture, l'art roman (XIe siècle-XIIe siècle) se caractérise par ses voûtes et ses arcs en demi-cercle (le « plein cintre »), tandis que l'art gothique (XIIe siècle-XVe siècle) présente des voûtes aux arcs brisés et croisés (les « ogives »).

se dressaient, pareils aux colonnes géantes d'un temple détruit. Et, derrière, la haute mer s'étendait sous la lumière dorée de six heures, d'un bleu de roi pailleté d'or. Une petite voile, très loin, entre deux des piliers, mettait une tache d'un blanc éclatant, comme une aile de mouette rasant l'eau. Du ciel pâle, la sérénité prochaine du crépuscule tombait déjà. Jamais Estelle ne s'était sentie pénétrée d'une volupté si vaste et si tendre.

« Venez », lui dit doucement Hector, en la touchant de la main.

Elle tressaillit, elle se leva, prise de langueur et d'abandon.

« C'est le sémaphore, n'est-ce pas, cette maisonnette avec ce mât ? cria M. Chabre. Je vais chercher des coquillages, je vous rattraperai. »

Alors, Estelle, pour secouer la paresse molle dont elle était envahie, se mit à courir comme une enfant. Elle enjambait les flaques, elle s'avançait vers la mer, saisie du caprice de monter au sommet d'un entassement de rocs, qui devait former une île, à marée haute. Et, lorsque, après une ascension laborieuse au milieu des crevasses, elle atteignit le sommet, elle se hissa sur la pierre la plus élevée, elle fut heureuse de dominer la dévastation tragique de la côte. Son mince profil se détachait dans l'air pur, sa jupe claquait au vent ainsi qu'un drapeau.

Et, en redescendant, elle se pencha sur tous les trous qu'elle rencontra. C'étaient, dans les moindres cavités, de petits lacs tranquilles et dormants, des eaux d'une limpidité parfaite, dont les clairs miroirs réfléchissaient le ciel. Au fond, des herbes d'un vert d'émeraude plantaient des forêts romantiques. Seuls, de gros crabes noirs sautaient, pareils à des grenouilles, et disparaissaient, sans même troubler l'eau. La jeune femme restait rêveuse, comme si elle eût fouillé du regard des pays mystérieux, de vastes contrées inconnues et heureuses.

Quand ils furent revenus au pied des falaises, elle s'aperçut que son compagnon avait empli son mouchoir d'arapèdes.

« C'est pour M. Chabre, dit-il. Je vais les lui monter. »

Justement, M. Chabre arrivait désolé.

« Ils n'ont pas seulement une moule au sémaphore, cria-t-il. Je ne voulais pas venir, j'avais raison. »

Mais, lorsque le jeune homme lui eut montré de loin les arapèdes, il se calma. Et il resta stupéfié de l'agilité avec laquelle celui-ci grimpait, par un chemin connu de lui seul, le long d'une roche qui semblait lisse comme une muraille. La descente fut plus audacieuse encore.

« Ce n'est rien, disait Hector, un vrai escalier ; seulement, il faut savoir où sont les marches. »

M. Chabre voulait qu'on retournât en arrière, la mer devenait inquiétante. Et il suppliait sa femme de remonter au moins, de chercher un petit chemin commode. Le jeune homme riait, en répondant qu'il n'y avait point de chemin pour les dames, qu'il fallait maintenant aller jusqu'au bout. D'ailleurs, ils n'avaient pas vu les grottes. Alors, M. Chabre dut se remettre à suivre la crête des falaises. Comme le soleil se couchait, il ferma son ombrelle et s'en servit en guise de canne. De l'autre main, il portait son panier d'arapèdes.

« Vous êtes lasse[1] ? demanda doucement Hector.

– Oui, un peu », répondit Estelle.

Elle accepta son bras. Elle n'était point lasse, mais un abandon délicieux l'envahissait de plus en plus. L'émotion qu'elle venait d'éprouver, en voyant le jeune homme suspendu au flanc des roches, lui avait laissé un tremblement intérieur. Ils s'avancèrent avec lenteur sur une grève[2] ; sous leurs pieds, le gravier, fait de débris de coquillages, criait comme dans les allées d'un jardin ; et ils ne parlaient plus. Il lui montra deux larges fissures, le *Trou du Moine Fou* et la *Grotte du Chat.* Elle entra, leva les yeux, eut seulement un petit frisson. Quand ils reprirent leur marche, le long d'un beau sable fin, ils se regardèrent, ils restèrent encore muets et souriants. La mer montait, par courtes lames bruissantes, et ils ne l'entendaient pas. M. Chabre, au-dessus d'eux, se mit à crier, et ils ne l'entendirent pas davantage.

---

1. **Lasse** : fatiguée.
2. **Grève** : rivage.

« Mais c'est fou ! répétait l'ancien marchand de grains, en agitant son ombrelle et son panier d'arapèdes. Estelle !... monsieur Hector !... Écoutez donc ! Vous allez être gagnés ! Vous avez déjà les pieds dans l'eau ! »

Eux ne sentaient point la fraîcheur des petites vagues.

« Hein ? qu'y a-t-il ? finit par murmurer la jeune femme.

– Ah ! c'est vous, monsieur Chabre ! dit le jeune homme. Ça ne fait rien, n'ayez pas peur... Nous n'avons plus à voir que la *Grotte à Madame.* »

M. Chabre eut un geste de désespoir, en ajoutant :

« C'est de la démence ! Vous allez vous noyer. »

Ils ne l'écoutaient déjà plus. Pour échapper à la marée croissante, ils s'avancèrent le long des rochers, et arrivèrent enfin à la *Grotte à Madame.* C'était une excavation[1] creusée dans un bloc de granit, qui formait un promontoire. La voûte, très élevée, s'arrondissait en large dôme. Pendant les tempêtes, le travail des eaux avait donné aux murs un poli et un luisant d'agate[2]. Des veines roses et bleues, dans la pâte sombre du roc, dessinaient des arabesques d'un goût magnifique et barbare, comme si des artistes sauvages eussent décoré cette salle de bains des reines de la mer. Les graviers du sol, mouillés encore, gardaient une transparence qui les faisait ressembler à un lit de pierres précieuses. Au fond, il y avait un banc de sable, doux et sec, d'un jaune pâle, presque blanc.

Estelle s'était assise sur le sable. Elle examinait la grotte.

« On vivrait là », murmura-t-elle.

Mais Hector, qui paraissait guetter la mer depuis un instant, affecta brusquement une consternation.

« Ah ! mon Dieu ! nous sommes pris ! Voilà le flot qui nous a coupé le chemin... Nous en avons pour deux heures à attendre. »

Il sortit, chercha M. Chabre, en levant la tête. M. Chabre était sur la falaise, juste au-dessus de la grotte, et quand le jeune homme lui eut annoncé qu'ils étaient bloqués :

---

1. **Excavation** : creux.
2. **Agate** : pierre précieuse légèrement transparente.

« Qu'est-ce que je vous disais ? cria-t-il triomphalement, mais vous ne voulez jamais m'écouter… Y a-t-il quelque danger ?

– Aucun, répondit Hector. La mer n'entre que de cinq ou six mètres dans la grotte. Seulement, ne vous inquiétez pas, nous ne pourrons en sortir avant deux heures. »

M. Chabre se fâcha. Alors, on ne dînerait pas ? Il avait déjà faim, lui ! c'était une drôle de partie tout de même ! Puis, en grognant, il s'assit sur l'herbe courte, il mit son ombrelle à sa gauche et son panier d'arapèdes à sa droite.

« J'attendrai, il le faut bien ! cria-t-il. Retournez auprès de ma femme, et tâchez qu'elle ne prenne pas froid. »

Dans la grotte, Hector s'assit près d'Estelle. Au bout d'un silence, il osa s'emparer d'une main qu'elle ne retira pas. Elle regardait au loin. Le crépuscule tombait, une poussière d'ombre pâlissait peu à peu le soleil mourant. À l'horizon, le ciel prenait une teinte délicate, d'un violet tendre, et la mer s'étendait, lentement assombrie, sans une voile. Peu à peu, l'eau entrait dans la grotte, roulant avec un bruit doux les graviers transparents. Elle y apportait les voluptés du large, une voix caressante, une odeur irritante, chargée de désirs.

« Estelle, je vous aime », répétait Hector, en lui couvrant les mains de baisers.

Elle ne répondait pas, étouffée, comme soulevée par cette mer qui montait. Sur le sable fin, à demi couchée maintenant, elle ressemblait à une fille des eaux, surprise et déjà sans défense.

Et, brusquement, la voix de M. Chabre leur arriva, légère, aérienne.

« Vous n'avez pas faim ? Je crève, moi !… Heureusement que j'ai mon couteau. Je prends un acompte, vous savez, je mange les arapèdes. »

« Je vous aime, Estelle », répétait toujours Hector, qui la tenait à pleins bras.

La nuit était noire, la mer blanche éclairait le ciel. À l'entrée de la grotte, l'eau avait une longue plainte, tandis que, sous la voûte, un dernier reste de jour venait de s'éteindre. Une odeur de fécondité montait des vagues vivantes. Alors, Estelle laissa lentement tomber sa tête sur l'épaule d'Hector. Et le vent du soir emporta des soupirs.

En haut, à la clarté des étoiles, M. Chabre mangeait ses coquillages, méthodiquement. Il s'en donnait une indigestion, sans pain, avalant tout.

VI

Neuf mois après son retour à Paris, la belle Mme Chabre accouchait d'un garçon. M. Chabre, enchanté, prenait à part le docteur Guiraud, et lui répétait avec orgueil :

« Ce sont les arapèdes, j'en mettrais la main au feu !... Oui, tout un panier d'arapèdes que j'ai mangés un soir, oh ! dans une circonstance bien curieuse... N'importe, docteur, jamais je n'aurais pensé que les coquillages eussent une pareille vertu. »

Arrêt sur lecture 3

Pour comprendre l'essentiel

Un cadre pittoresque

❶ Une grande partie de la nouvelle se déroule en Bretagne. Observez la description de Guérande (p. 61-63) et celle de Piriac (p. 74 et p. 76-77). Caractérisez ces deux villes, en analysant le lexique architectural employé, et montrez en quoi elles s'opposent.

❷ Les paysages de bord de mer sont décrits avec beaucoup de poésie. Étudiez les descriptions du chapitre V : relevez les métaphores, les couleurs et les effets de lumière qui soulignent la beauté et la richesse de la nature.

❸ Le narrateur évoque le mode de vie et les activités de la population locale. Identifiez quelques scènes typiques dans les chapitres I et III, et montrez que la nouvelle a une portée didactique.

Une histoire d'adultère

❹ L'intrigue de la nouvelle repose sur un triangle amoureux : deux hommes aiment une même femme. En vous appuyant sur des passages précis, donnez les caractéristiques de chacun de ces personnages et expliquez pourquoi Estelle est séduite par Hector.

5 Hector fait la conquête d'Estelle progressivement. Précisez les différentes étapes de ce jeu de séduction et montrez comment le jeune homme parvient à éloigner l'époux de la jeune femme. Expliquez ce qui se passe entre la fin du chapitre V et le chapitre VI.

6 La mer est complice des deux jeunes gens. Repérez les passages où elle les réunit. Montrez comment, à la fin de la nouvelle, elle permet d'évoquer implicitement une scène érotique.

Une satire sociale

7 Monsieur Chabre est un personnage ridicule. Expliquez pourquoi, en observant ses traits de caractère, son physique, les détails grotesques de son costume, ses craintes et ses obsessions.

8 À travers Monsieur Chabre, Zola dénonce la médiocrité de la bourgeoisie parisienne. Montrez que le personnage est insensible aux charmes de l'architecture comme de la nature, et que seul l'argent le préoccupe, en vous appuyant sur des passages précis des chapitres I et III.

9 Zola se moque des valeurs bourgeoises. Prouvez-le en étudiant le contraste entre l'éducation de Madame Chabre (p. 58) et la facilité avec laquelle elle se laisse séduire, et en analysant les motivations du personnage pour aller à la messe (p. 75).

Rappelez-vous !

• Zola nous propose ici une **nouvelle légère et enjouée**. Les descriptions des paysages bretons sont particulièrement poétiques, et l'intrigue évoque une idylle entre deux jeunes gens réunis par la sensualité de la mer.

• **La satire est une critique moqueuse**. Dans *Les Coquillages de Monsieur Chabre*, le nouvelliste naturaliste porte un regard critique empreint d'humour sur la bourgeoisie parisienne : le personnage de Monsieur Chabre, ridicule, incarne le bourgeois médiocre qui ne se préoccupe que d'argent, reste insensible aux charmes de la région qu'il visite, et se laisse naïvement tromper par sa jeune épouse.

Vers l'oral du Bac

Analyse des lignes 1118 à 1166, p. 93-95

☛ Montrer que la chute de la nouvelle allie humour et sensualité

Conseils pour la lecture à voix haute

– Marquez bien, dans votre lecture, l'opposition entre Monsieur Chabre et les amants.
– Ménagez une pause dans la lecture entre la fin du chapitre V et le début du chapitre VI, afin de souligner tout l'implicite de l'ellipse temporelle.

Analyse du texte

■ *Introduction*

La nouvelle de Zola intitulée *Les Coquillages de Monsieur Chabre*, parue en 1876, met en scène un couple de bourgeois parisiens. Monsieur Chabre, ne parvenant pas à concevoir un enfant, fait un séjour en bord de mer avec son épouse, sur les conseils de son médecin: la dégustation de coquillages résoudrait les problèmes de stérilité. À Guérande, le couple fait la connaissance d'un jeune homme, Hector, qui se lie d'amitié avec eux et leur fait découvrir la région. Hector est très sensible aux charmes de la belle Madame Chabre, qu'il tente de séduire. Au cours d'une ultime promenade avant le départ des époux Chabre pour Paris, Hector et Estelle se retrouvent bloqués par la marée dans une caverne. Monsieur Chabre, qui ne souhaitait pas se mouiller les pieds, les attend en haut de la falaise, sans se douter des conséquences de cet incident. Nous verrons donc comment ce dénouement allie humour et sensualité: après avoir étudié l'art de la chute, nous montrerons que Monsieur Chabre est un personnage ridicule, puis nous étudierons la dimension poétique et sensuelle de la scène.

Analyse guidée

I. L'art de la chute

a. À la fin de la nouvelle, le lecteur assiste à un double dénouement. Montrez-le.

b. Il y a une ellipse entre la fin du chapitre V et le début du chapitre VI: le narrateur passe sous silence une partie de l'histoire. Expliquez ce qui s'est passé, en relevant les indices qui vous ont permis de tirer cette conclusion. Dites quel est l'intérêt de cette ellipse.

II. Le ridicule Monsieur Chabre

a. Monsieur Chabre fait preuve de naïveté, voire de bêtise: il ne comprend pas qu'on se joue de lui. Relisez les trois passages qui rapportent ses propos au discours direct, et expliquez pourquoi ils font rire le lecteur.

b. Monsieur Chabre est un personnage grotesque. Relevez et analysez les détails qui le rendent ridicule ou prouvent son manque de finesse, dans ses actions et dans ses paroles. Identifiez les mots qui laissent percevoir l'ironie du narrateur.

III. Une scène sensuelle et poétique

a. La beauté du paysage contraste avec la médiocrité de Monsieur Chabre. Montrez que le spectacle du crépuscule marin est un plaisir pour les sens (vue, ouïe, odorat, toucher), en étudiant le lexique et les effets de contraste.

b. La sensualité du paysage reflète le désir des amants. Identifiez les mots qui le prouvent, et relevez les personnifications des éléments marins qui permettent d'exprimer à mots couverts le plaisir des deux jeunes gens.

Conclusion

Zola nous offre une fin tout en contraste: la chute de la nouvelle et le caractère ridicule du personnage principal font rire le lecteur, qui comprend ce que le naïf Monsieur Chabre n'a pas compris. Cet humour s'oppose à certains passages plus graves du texte qui évoquent, à travers la beauté du paysage, le désir des deux amants que la mer a réunis. Le dénouement est donc représentatif de l'ensemble de la nouvelle, qui oscille avec légèreté entre l'humour et la sensualité.

Les trois questions de l'examinateur

Question 1. La mer est un élément très important dans l'ensemble de la nouvelle. Expliquez pourquoi.

Question 2. La chute de cette nouvelle fait sourire le lecteur. Quels autres exemples de chutes pouvez-vous citer, et quel effet ont-elles sur le lecteur ?

Question 3. Comparez les documents iconographiques reproduits au verso de la couverture, en fin d'ouvrage. Quelle image le peintre et le photographe donnent-ils des bords de mer ?

Le tour de l'œuvre en 8 fiches

Sommaire

Fiche 1

Émile Zola en 20 dates

1840 Naissance le 2 avril à Paris.

1847 Mort de son père. Difficultés financières.

1858 Zola rejoint sa mère à Paris.

1859 Premières publications de poèmes et d'un conte dans un journal d'Aix-en-Provence.

1862 Employé à la librairie Hachette, au service de la publicité.

1863 Débuts dans le journalisme.

1864 Publication des *Contes à Ninon*, premier recueil de récits brefs.

1866 Zola quitte la librairie Hachette le 31 janvier pour se consacrer à l'écriture et au journalisme. **Parution en décembre d'*Un mariage d'amour* dans *Le Figaro*.**

1867 Le roman *Thérèse Raquin* fait scandale.

1871 Publication de *La Fortune des Rougon*, premier roman du cycle des Rougon-Macquart.

1875 Début de la collaboration de Zola à la revue russe *Le Messager de l'Europe*.

1876 **Parution en septembre de *Bains de mer en France* dans *Le Messager de l'Europe*.**

1877 Triomphe et scandale du roman *L'Assommoir*.

1879 **Parution en mars de *La Mort d'Olivier Bécaille* dans *Le Messager de l'Europe*.**

1880 Publication des *Soirées de Médan*, recueil collectif de nouvelles naturalistes, et d'un recueil d'articles sur le naturalisme, *Le Roman expérimental*.

1884 **Publication de *Naïs Micoulin*, recueil de nouvelles où figurent *La Mort d'Olivier Bécaille* et *Les Coquillages de Monsieur Chabre*.**

1888 Zola est nommé chevalier de la Légion d'honneur.

1898 Engagé dans l'affaire Dreyfus, Zola publie la lettre au président de la République « J'accuse… » dans *L'Aurore*. Condamnation à un an de prison et à une amende ; exil en Angleterre.

1899 Révision du procès Dreyfus : retour de Zola en France.

1902 Mort le 28 septembre, asphyxié.

Fiche 2

L'œuvre dans son contexte

Le Second Empire et la IIIe République

À la tête du Second Empire de 1852 à 1870, Napoléon III mène une politique autoritaire, cherchant à mettre un terme aux oppositions et à étendre la puissance française sur le plan économique, politique et colonial. Il souhaite moderniser le pays et entreprend de **rénover et d'assainir la capitale. Il confie les travaux au baron Haussmann**, qui transforme Paris en ville propre, ouverte et moderne, grâce à la création de grands axes de circulation et à la mise en place d'égouts. En 1870, Napoléon III s'engage dans une guerre contre la Prusse qui aboutit à la défaite de Sedan et met fin au Second Empire.

La IIIe République (1870-1940) est alors proclamée. En dépit de l'instabilité ministérielle et des scandales financiers qui frappent le nouveau régime, la France poursuit son essor économique : c'est l'avènement du capitalisme.

La révolution industrielle

Tout au long du XIXe siècle, la révolution industrielle modifie profondément la société française. À la suite de la mécanisation de l'agriculture, les populations rurales quittent les campagnes et émigrent vers les villes industrielles. Dans les usines, la vie des ouvriers est pénible et leurs salaires misérables. De plus en plus nombreux, les ouvriers s'organisent et se regroupent pour défendre leurs droits.

Avec le développement de l'industrie, la bourgeoisie s'enrichit. Les capitaux circulent, permettant à la France de se moderniser. Tout est fait pour favoriser le commerce et les échanges : l'agriculture gagne en productivité, le chemin de fer s'étend, les ports s'agrandissent, les grandes banques se créent, les grands magasins fleurissent dans Paris.

L'essor de la presse

La presse se développe et se démocratise dès la seconde moitié du XIXe siècle. En 1863, le banquier Millaud crée *Le Petit Journal* à un sou, qui rassemble des chroniques, des romans-feuilletons et des comptes rendus de tribunaux. Les lecteurs se passionnent pour les faits divers et les histoires à sensation. C'est le début de la presse à bas prix et à gros tirage. Sous la IIIe République, le journalisme poursuit son essor et se mêle au milieu des affaires et de la politique.

La presse est aussi liée au monde littéraire puisque de nombreux écrivains publient dans les journaux des chroniques, des critiques et des nouvelles, ce qui leur permet de vivre de leur plume. Des romans comme ceux de Flaubert (*Madame Bovary*, 1857), de Zola (*Germinal*, 1885) ou de Maupassant (*Bel-Ami*, 1885) paraissent en feuilleton dans les grands quotidiens que sont *Gil Blas* ou *Le Figaro*.

Fiche 3

La structure de l'œuvre

Les trois nouvelles du recueil présentent chacune des effets de structure différents et intéressants: *Un mariage d'amour* est construit comme une tragédie en cinq actes; *La Mort d'Olivier Bécaille* se divise en deux parties, l'une concernant la plongée dans la mort, et l'autre le retour à la vie; la nouvelle *Les Coquillages de Monsieur Chabre* propose enfin une chute étonnante et amusante.

Un mariage d'amour

Prologue p. 9	Présentation de l'histoire par le narrateur.
1re partie p. 10-11	Mariage de Michel et de Suzanne. Jacques, un ami de Michel, et Suzanne deviennent amants. **Meurtre** de Michel par Jacques et par Suzanne au cours d'une promenade en barque.
2e partie p. 11-12	Attente des amants le temps du deuil et début de leurs angoisses. **Mariage** dix-huit mois après le meurtre de Michel.
3e partie p. 12-13	**Nuit de noces**: malaise des mariés, hantés par leur crime.
4e partie p. 13-14	**Déchéance** des meurtriers: peur, haine, regrets, violence.
5e partie p. 14-15	**Dénouement**: suicide de Jacques et de Suzanne.

La Mort d'Olivier Bécaille

Chap. I p. 21-26	**Crise de paralysie** d'Olivier Bécaille, pris pour mort par son épouse Marguerite. Souvenirs du passé.
Chap. II p. 27-33	Arrivée de Mme Gabin et de sa fille Adèle. Aide de Simoneau pour les formalités. Venue du médecin qui **constate le décès.** Début de la veillée funèbre.
Chap. III p. 34-40	Le lendemain matin, toilette du mort, **mise en bière**, transport jusqu'au cimetière, cérémonie religieuse et inhumation du cercueil.

Chap. IV p. 40-47	**Cauchemar** de Bécaille : il rêve qu'il est enfermé dans un tunnel. Réveil et **lutte dans le cercueil** pour s'échapper de la tombe.
Chap. V p. 47-51	Évanouissement de Bécaille dans une rue de Paris. **Convalescence** d'un mois chez un médecin qui l'a recueilli. **Retour de Bécaille** rue Dauphine; dans le restaurant situé sous l'hôtel, il apprend que Marguerite est partie avec Simoneau. Il décide de ne pas l'informer de sa résurrection.

Les Coquillages de Monsieur Chabre

Chap. I p. 57-64	M. Chabre se désespère de ne pas avoir d'enfant. **Départ pour le bord de mer** avec son épouse Estelle, sur les recommandations de son médecin pour aller manger des coquillages. Visite de Saint-Nazaire, du Pouliguen et de Guérande. **Rencontre d'Hector** qui conseille au ménage de s'installer à Piriac.
Chap. II p. 64-72	**Bain d'Estelle**, surveillée par son époux resté sur la jetée. Retrouvailles d'Estelle et d'Hector dans l'eau.
Chap. III p. 72-79	Le couple et Hector se lient d'amitié. **Découverte de la ville de Piriac**, son activité et ses environs.
Chap. IV p. 79-87	**Partie de pêche aux crevettes.** M. Chabre, qui a peur de l'eau, reste en arrière. Hector en profite pour séduire Estelle et lui avouer son amour. Estelle le repousse gentiment.
Chap. V p. 87-95	**Promenade aux rochers du Castelli** : M. Chabre progresse sur la falaise tandis qu'Estelle et Hector se promènent au bord de l'eau. La marée les fait prisonniers d'une grotte. Hector renouvelle sa déclaration, Estelle se laisse séduire. M. Chabre les attend en haut de la falaise en mangeant des coquillages.
Chap. VI p. 95	Neuf mois plus tard, M. Chabre se réjouit de la **naissance de son fils**, persuadé de l'efficacité des coquillages.

Fiche 4

Les grands thèmes de l'œuvre

Le triangle amoureux

Les trois nouvelles du recueil présentent un schéma amoureux similaire: deux hommes sont épris de la même femme. Suzanne est aimée de Michel et de Jacques, Marguerite de Bécaille et de Simoneau, et Estelle de M. Chabre et d'Hector. On qualifie ce type de situation de triangle amoureux.

La médiocrité de l'époux semble être à l'origine du schéma. Michel se caractérise par sa passivité (il laisse Suzanne et Jacques organiser la partie de campagne fatale) et sa faiblesse (il ne sait pas nager). Olivier Bécaille présente une grande fragilité physique, étant sujet à des crises nerveuses depuis l'enfance; de plus, son apparence est ingrate: lorsqu'il a demandé Marguerite en mariage, il a compris à sa réaction qu'elle le «trouvait affreux» (p. 24). Enfin, Monsieur Chabre est un personnage ridicule, au physique disgracieux (sa face blême est «plate et banale comme un trottoir», p. 57) et au corps faible (ses «jambes alourdies de vieillard» [p. 57] le retardent dans ses promenades le long du littoral). Il semble dénué de virilité: contrairement à son épouse, il a peur de l'eau, et il ne parvient pas à lui faire un enfant. Enfin, il est particulièrement naïf, puisqu'il laisse Hector séduire Estelle sans s'apercevoir de ce qui se passe.

Le rival de l'époux réunit en revanche de nombreuses qualités. Simoneau est non seulement serviable et aimable, mais il a un physique avantageux («un grand garçon, très beau, très fort», p. 29), et sa situation financière est bien meilleure que celle de Bécaille, puisqu'il est venu à Paris toucher des rentes. Hector, quant à lui, est l'exact opposé de Monsieur Chabre: il est jeune, beau et fort. Le narrateur le présente comme «un géant» très musclé (p. 60), et précise qu'Estelle est «surprise de sa grande beauté» (p. 60), la première fois qu'elle le voit.

Les trois nouvelles exposent différents contextes dans lesquels des couples illégitimes parviennent à écarter l'époux de la jeune femme. Dans deux cas, il est mort ou tenu pour tel, assassiné par les amants dans *Un mariage d'amour*, ou victime d'une attaque dans *La Mort d'Olivier Bécaille*. Dans *Les Coquillages de Monsieur Chabre*, l'époux est simplement tenu à l'écart le temps de la liaison entre Estelle et Hector, ce dernier ayant réussi à éloigner son rival par la ruse.

La mort

La mort est un thème récurrent dans les nouvelles de Zola. Placée au cœur de deux nouvelles du recueil, elle est toujours source d'angoisse.

Dans *Un mariage d'amour*, la mort prend la forme d'un crime, et l'angoisse naît de la culpabilité des meurtriers. Paradoxalement, ce n'est qu'une fois mort que Michel constitue un véritable obstacle à l'amour qui unit Suzanne et Jacques; son «cadavre» s'interpose entre les deux amants qui « sembl[ent] lui faire place » (p. 13). Pour Jacques, l'angoisse naît également lors de sa visite à la morgue et de la vision du cadavre de son ami. Il est choqué par la réalité physique de la mort ; l'image de la victime « défigurée, toute marbrée de taches bleues et vertes », de son corps en décomposition et de son « visage gonflé et grimaçant » (p. 11) ne cessera de le hanter. La culpabilité du crime entraîne une déchéance morale des personnages, et mène de nouveau à la mort : en effet, **ce n'est qu'en choisissant et en acceptant leur propre mort que les meurtriers parviennent à fuir leur angoisse**.

Le même principe est à l'œuvre dans *La Mort d'Olivier Bécaille* : **toute la vie du personnage, depuis sa petite enfance jusqu'à ses années de mariage, est traversée par la peur de la mort**. Cette angoisse profonde est liée à la peur du noir et de la claustration, ce dont témoigne le cauchemar du train bloqué dans le tunnel que fait Bécaille au chapitre IV, lorsqu'il est confiné dans son propre tombeau. Mais **c'est en faisant l'expérience de la mort et de l'enfermement que le personnage parvient à guérir de son angoisse**. Ainsi déclare-t-il dans le dernier paragraphe de la nouvelle : « la mort ne m'effraie plus » (p. 51).

Les éléments naturels

L'eau est un élément très important dans *Les Coquillages de Monsieur Chabre*. Dans l'une de ses lettres, Zola dit avoir composé **une nouvelle « avec la mer pour personnage principal »**. En effet, c'est elle qui réunit les amants Hector et Estelle : elle les rapproche lors du bain du chapitre II, elle éloigne M. Chabre pendant la pêche aux crevettes du chapitre IV, et leur permet de s'isoler au chapitre V. La **sensualité des paysages marins** les pousse l'un vers l'autre. Dans *Un mariage d'amour*, c'est l'eau du fleuve qui donne vie au couple de Suzanne et de Jacques puisqu'elle leur permet de tuer Michel. L'eau se fait donc complice de l'adultère.

La terre, à l'inverse, est source de toutes les angoisses dans *La Mort d'Olivier Bécaille*. C'est l'élément qui enferme, dans le tunnel comme dans la tombe, et qui terrifie le narrateur dès son enfance : la « pensée de la terre » lui cause une grande « épouvante » (p. 22). Et lorsque, prisonnier de sa tombe, il sombre dans la folie, il se met à manger de la terre.

Ces deux éléments s'opposent radicalement : l'eau incarne le désir, et la terre représente la mort.

Fiche 5

Le naturalisme

La naissance du naturalisme

Au milieu du XIXe siècle, les peintres et les écrivains cherchent à représenter la réalité telle qu'elle est, en rejetant l'idéalisme des artistes romantiques. Des auteurs comme Balzac, Stendhal ou Flaubert composent des romans réalistes qui sont des miroirs de la société: ils mettent en évidence ses mécanismes, à travers l'histoire de personnages plus ou moins ordinaires.

Le naturalisme est un mouvement littéraire qui naît à la fin du XIXe siècle et qui s'inscrit dans le prolongement du réalisme: les auteurs cherchent à représenter le réel, mais à la différence des écrivains réalistes, ils entendent aussi l'analyser comme de véritables scientifiques.

L'influence des sciences

Le terme «naturaliste» désigne d'abord un savant qui étudie de façon rationnelle les phénomènes naturels: Charles Darwin (1809-1882) travaille sur l'évolution des espèces vivantes; Claude Bernard invente une nouvelle manière de faire de la médecine en établissant des hypothèses qu'il vérifie grâce à des expériences. Les sciences sociales naissent à la même époque. Auguste Comte (1798-1857) cherche à comprendre le fonctionnement de la société.

Les auteurs naturalistes, influencés par ces travaux, entendent **faire de la littérature en suivant la méthode des scientifiques**.

Un mouvement qui fait scandale

Les premiers romans naturalistes font scandale: **leurs auteurs y décrivent tous les aspects de la société de leur époque, notamment les classes populaires**, sans aucun idéalisme, sans embellir la réalité ni passer sous silence ses aspects les plus sombres.

En abordant la déchéance morale de personnages misérables, des romans comme *Germinie Lacerteux* des frères Goncourt (1865) ou *Thérèse Raquin* de Zola (1867) sont **condamnés par la critique et qualifiés de «littérature putride»** par un journaliste, Louis Ulbach (1868). C'est pour répondre à ces attaques que ces auteurs se rassemblent: Zola évoque pour la première fois le «groupe d'écrivains naturalistes» dans la préface de la deuxième édition de *Thérèse Raquin* en 1868.

Un groupe, une doctrine

Les naturalistes constituent un véritable groupe d'auteurs qui partagent une vision commune de la littérature et se réunissent régulièrement pour en formuler la théorie. Flaubert, Zola, les frères Goncourt et d'autres écrivains se retrouvent au cours de dîners ou de soirées. C'est ainsi que naît le **recueil des *Soirées de Médan* en 1880, rassemblant des nouvelles d'auteurs naturalistes** (Zola, Maupassant, Huysmans, Céard,

Hennique et Alexis) sur le thème de la guerre de 1870.

Les auteurs naturalistes formulent leur théorie littéraire dans des préfaces (comme celle de *Germinie Lacerteux* ou de *Thérèse Raquin*), mais aussi dans des articles. Dans *Le Roman expérimental* (1880), Zola développe sa conception du roman, en transposant la méthode scientifique de Claude Bernard dans le domaine de l'écriture. Le romancier adopte la démarche du savant: il commence par **observer un fait social, puis il formule une hypothèse qu'il va vérifier dans l'univers de son roman, qui devient le lieu de son expérience**. Par exemple, dans le cycle des Rougon-Macquart (ensemble de vingt romans qu'il définit comme l'«histoire naturelle et sociale d'une famille sous le Second Empire»), Zola étudie l'influence de l'hérédité familiale et du milieu social sur l'évolution de l'individu.

Les caractéristiques du récit naturaliste

Les auteurs naturalistes refusent d'idéaliser la réalité dans leurs textes. Ils l'observent minutieusement en faisant des enquêtes sur le terrain avant d'écrire. Cet aspect du travail de l'écrivain est sensible dans *Les Coquillages de Monsieur Chabre*: les descriptions de la région de Guérande sont particulièrement détaillées; Zola a passé un été à Piriac, et c'est là qu'il a écrit la nouvelle. Mais le travail des auteurs naturalistes est aussi un travail littéraire, où le style met en valeur les observations du romancier. Les descriptions des paysages maritimes observés par Estelle sont à la fois réalistes et poétiques.

Dans leurs récits, ces auteurs s'intéressent aussi bien à l'esprit qu'au corps humain, cherchant à retranscrire à travers leurs personnages une vérité à la fois psychologique et physiologique. Ainsi, Zola analyse le sentiment de culpabilité des meurtriers dans *Un mariage d'amour*, et la déchéance morale qu'il entraîne. Il montre aussi comment l'esprit humain peut, dans des situations extrêmes, glisser dans la folie: pour Suzanne et pour Jacques, le remords prend la forme d'hallucinations, et le couple voit le cadavre de Michel se dresser entre eux. Olivier Bécaille devient presque fou lui aussi: ivre de désespoir, il se met à manger de la terre dans son cercueil. Dans cette nouvelle, on ressent par ailleurs l'intérêt de Zola pour la physiologie: le narrateur décrit précisément ses sensations lors de sa catalepsie.

Enfin, les auteurs naturalistes proposent dans leurs œuvres une analyse détaillée des mœurs du XIXe siècle. Dans *Les Coquillages de Monsieur Chabre*, Zola se penche sur la bourgeoisie parisienne et met en évidence la médiocrité de Monsieur Chabre. *La Mort d'Olivier Bécaille* nous fait pénétrer dans un modeste hôtel meublé parisien, et nous fait découvrir la vie quotidienne de personnages populaires comme Mme Gabin.

Fiche 6

Le genre de la nouvelle

L'essor du genre au XIXe siècle

La nouvelle est un récit de fiction en prose qui se caractérise par sa brièveté. Le genre est né au XIVe siècle, avec le recueil de l'Italien Boccace, *Le Décaméron*. En France, Marguerite de Navarre l'imite au XVIe siècle en publiant *L'Heptaméron*, premier grand recueil français de nouvelles.

Longtemps concurrencé par la fable et par le conte, le genre connaît un immense succès au XIXe siècle, lié à l'essor de la presse: les nouvelles sont publiées dans des journaux avant d'être réunies en recueil. *Un mariage d'amour* a paru dans *Le Figaro*, et *La Mort d'Olivier Bécaille* et *Les Coquillages de Monsieur Chabre* dans la revue russe *Le Messager de l'Europe*.

Insérée dans le journal, la nouvelle offre un divertissement au lecteur à côté des articles portant sur la politique ou sur le monde des affaires. Elle s'apparente au fait divers car elle présente une anecdote singulière qui suscite le rire, la réflexion ou l'effroi. En s'appuyant sur le réel, et parfois même sur des faits d'actualité, **elle brouille souvent la frontière entre l'information et la fiction**. C'est le cas dans *Un mariage d'amour*, que le narrateur présente comme un fait ayant vraiment eu lieu: il affirme avoir lu l'histoire des amants criminels dans leur confession, laissée en guise de testament (p. 15).

Un récit bref et percutant

La brièveté définit et conditionne le genre de la nouvelle. En quelques pages, l'auteur doit proposer une histoire qui va captiver le lecteur. Le récit se caractérise par sa rapidité: *Un mariage d'amour* condense plusieurs années en six pages. Le nouvelliste peut jouer sur les rythmes du récit, en utilisant des sommaires qui résument une longue période en quelques phrases (comme au début d'*Un mariage d'amour* où le narrateur résume en trois lignes les trois années de mariage de Suzanne et de Michel), ou des ellipses, qui passent sous silence une partie de l'histoire: par exemple, dans *Les Coquillages de Monsieur Chabre*, neuf mois s'écoulent entre la fin du chapitre V et le début du chapitre VI.

En tant que récit bref, la nouvelle s'adapte parfaitement à l'ambition naturaliste de présenter au lecteur une tranche de vie, «un lambeau d'existence», «une seule page d'histoire humaine», comme le préconise Zola dans *Le Roman expérimental*. *La Mort d'Olivier Bécaille* ne rend compte que de quelques jours de la vie du narrateur: les deux jours de sa fausse mort et le mois qui l'a suivie. De même, l'intrigue des *Coquillages* *de Monsieur Chabre* se limite à un bref épisode dans la vie du couple : les vacances passées à Piriac.

La composition de la nouvelle est aussi travaillée que celle du roman. Elle peut être linéaire, comme dans *Un mariage d'amour* ou *Les Coquillages de Monsieur Chabre*, développant l'histoire chronologiquement, ou présenter des analepses et des digressions, comme dans *La Mort d'Olivier Bécaille*, avec le retour sur le passé du narrateur au chapitre I, et le récit de son cauchemar au chapitre IV. La structure de cette nouvelle présente également un effet de symétrie : alors que les trois premiers chapitres relatent la plongée dans la mort, les deux derniers racontent le retour à la vie. La nouvelle peut enfin rappeler d'autres genres littéraires : ainsi, *Un mariage d'amour* est construit comme une tragédie en cinq actes, de l'exposition au dénouement funeste.

La nouvelle doit laisser une impression vive au lecteur. Le nouvelliste peut ainsi proposer une chute à la fin du récit, un dénouement inattendu qui provoque la surprise. Dans *Les Coquillages de Monsieur Chabre*, la naissance d'un enfant neuf mois après l'épisode de la grotte permet au lecteur de comprendre que Monsieur Chabre n'en est pas le père, alors qu'il croit encore naïvement à l'effet des coquillages.

Le titre doit prendre tout son sens une fois la lecture terminée. Ainsi, *Un mariage d'amour* est un titre ironique, puisque Suzanne et Jacques finissent par se haïr et vouloir se tuer mutuellement. Le titre *Les Coquillages de Monsieur Chabre* ne manque pas d'humour non plus : les coquillages perdent le personnage au lieu de le sauver, en le rendant ridicule. Enfin, le titre *La Mort d'Olivier Bécaille* trompe les attentes du lecteur : ce n'est pas le récit d'une mort qui est proposé, mais celui d'une lutte pour la vie.

Le laboratoire du romancier

La nouvelle, en tant que récit court, offre des facilités d'écriture et de publication. C'est l'occasion pour le romancier **d'essayer des intrigues, des personnages, des techniques narratives qu'il pourra développer plus longuement dans ses romans.** Ainsi, Zola annonce dans *Un mariage d'amour* que l'histoire qu'il raconte mériterait un récit plus long, qu'il se réserve d'écrire plus tard ; c'est ce qu'il fait l'année suivante, en rédigeant *Thérèse Raquin*. L'intrigue est la même, mais l'auteur développe les portraits, détaille les descriptions, approfondit la psychologie des personnages et en ajoute de nouveaux qui ne figurent pas dans la nouvelle. De même, les angoisses d'Olivier Bécaille, notamment la peur de la mort et de l'enfermement, se retrouveront chez Lazare, l'un des personnages du roman *La Joie de vivre* (1884).

Fiche 7

Histoire des arts

La naissance de la photographie

Les techniques

Bien avant le XIXe siècle, les propriétés de la lumière sont mises à profit pour reproduire des images, notamment grâce à un instrument d'optique connu dès l'Antiquité: la chambre noire. Un trou percé dans une boîte permet de voir apparaître une image inversée sur le fond de celle-ci. Le XIXe siècle combine à ce procédé des techniques chimiques afin de fixer les images à l'aide de substances sensibles à la lumière comme le chlorure d'argent.

Au début du siècle, Niépce, puis Daguerre parviennent à fixer les ombres sur des plaques de cuivre argenté au moyen d'iode, puis à les révéler en utilisant du mercure. En 1838, Daguerre crée ainsi le daguerréotype qui connaît un grand succès. D'autres inventeurs, comme Talbot ou Bayard, tentent de perfectionner le procédé. Le but est d'améliorer le temps de pause (très long aux débuts de la photographie), l'encombrement de l'appareil, la qualité de l'image et la durée de vie du cliché. À partir de 1843, le calotype remplace le daguerréotype: plus rapide à réaliser et moins fragile, il permet d'obtenir un négatif. On peut ainsi dupliquer l'image.

Tout au long du siècle, on voit donc les techniques évoluer. On passe des supports en verre ou en métal aux **supports en papier, puis en celluloïd. En 1888, aux États-Unis, George Eastman crée le premier appareil photo bon marché**, le Kodak n° 1, qui permet de prendre une centaine de clichés sur une bande. La photographie devient alors accessible à tous.

Les sujets

La photographie est d'abord appréciée comme un art du portrait. Elle permet à la bourgeoisie de se constituer une galerie de portraits de famille, et d'imiter en cela la noblesse, sans avoir recours aux services plus coûteux d'un peintre (➡ voir la photographie reproduite au verso de la couverture, en début d'ouvrage). Dans les années 1860, grâce à une nouvelle technique, le collodion humide, les photographes proposent de réaliser et de développer successivement plusieurs petits portraits, que les clients peuvent ensuite distribuer comme des cartes de visite. **La photographie devient alors un véritable phénomène de société**. Les ateliers des photographes sont très fréquentés, et beaucoup d'artistes posent devant l'objectif: **Nadar**, grand spécialiste du portrait, a ainsi photographié Victor Hugo, Eugène Delacroix, Franz Liszt.

La photographie prend également pour sujet le paysage. Elle concurrence ainsi la peinture dans son ambition de représenter le réel. Elle permet de découvrir des contrées lointaines ou des lieux célèbres. On photographie aussi bien les paysages urbains, à une période où les villes sont en pleine évolution, que les paysages naturels. **Gustave Le Gray**, photographe officiel de Napoléon III, a par exemple pris de nombreux clichés des côtes normandes, bretonnes et méditerranéennes.

Enfin, la photographie est un nouveau moyen de rendre compte de l'actualité et de mettre l'histoire en image. Elle est de plus en plus utilisée dans le domaine scientifique (médecine, biologie, archéologie, ethnologie). Elle permet à la police d'identifier et de répertorier des criminels. Elle remplace le dessin pour illustrer les événements d'actualité. C'est ainsi que naît le **reportage**: des photographes partent recueillir des prises de vue lors des conflits armés, comme la guerre de Crimée (1854-1856), la guerre de Sécession aux États-Unis (1861-1865), la guerre franco-prussienne (1870-1871). La photographie acquiert ainsi une fonction **documentaire**: elle inscrit dans la mémoire collective les grands faits marquants du siècle, comme la conquête de l'Ouest américain ou la révolution industrielle.

Un art nouveau

La photographie devient aussi un art à part entière. Rejetée à ses débuts par certains peintres, qui considèrent qu'elle ne peut prétendre au statut d'art parce qu'elle ne fait que reproduire le réel, elle en fascine d'autres, qui se reconvertissent en photographes ou l'utilisent comme un outil de travail: Delacroix s'inspire des nus de Durieu pour peindre l'anatomie masculine; Degas s'intéresse à la lumière, au mouvement et au cadrage, et réalise parfois des toiles d'après des clichés.

Mais la photographie intéresse aussi les écrivains, notamment les écrivains naturalistes, qui y voient le moyen d'une retranscription objective et précise de la réalité. Elle propose en effet une esthétique nouvelle: elle saisit l'instant sur le vif, dans toute sa vérité, avec tous ses détails (➡ voir la photographie reproduite en couverture). En même temps, elle appréhende le réel à travers un angle de vue: elle livre ainsi le regard particulier d'un artiste sur le monde. Elle est donc à la fois comparable au travail du peintre et à celui de l'écrivain.

Dans une lettre à son ami Valabrègue de 1864, Zola écrit: « **Toute œuvre d'art est comme une fenêtre ouverte sur la création. Il y a, enchâssée dans l'embrasure de la fenêtre, une sorte d'écran transparent**, à travers lequel on perçoit les objets plus ou moins déformés, souffrant des changements plus ou moins sensibles dans leurs lignes et dans leur couleur. Ces changements tiennent à la nature de l'Écran. On n'a plus la création exacte et réelle, mais la création modifiée par le milieu où passe son image. » Zola semble presque concevoir l'artiste comme un appareil photo. À partir de 1888, il s'est d'ailleurs pris de passion pour la photographie: il possédait plusieurs appareils et développait ses clichés dans son propre laboratoire.

Fiche 8

Citations

Un mariage d'amour

« Il avait commis froidement le crime, et éprouva un frisson d'épouvante en face de sa victime horriblement défigurée, toute marbrée de taches bleues et vertes. Dès lors, il eut toujours devant les yeux le visage gonflé et grimaçant du noyé. »

« Ce terrible silence, plein de phrases épouvantées et cruelles, devenait accablant, insoutenable. »

« Ils burent chacun le poison qu'ils avaient versé, et expirèrent à la même heure, liés dans la mort comme ils avaient été liés dans le crime. »

La Mort d'Olivier Bécaille

« Était-ce bien la mort ? Je m'étais imaginé une nuit plus noire, un silence plus lourd. »

« Une anxiété me serrait la poitrine, la nécessité de la mort me paraissait plus abominable, dans l'étourdissement du réveil. Je ne me rendormais qu'avec peine, le sommeil m'inquiétait, tellement il ressemblait à la mort. Si j'allais dormir toujours ! Si je fermais les yeux pour ne les rouvrir jamais ! »

« Allons ! j'étais un brave homme d'être mort, et je ne ferais certainement pas la bêtise cruelle de ressusciter. »

« Je suis un homme médiocre, qui a travaillé et mangé comme tout le monde. La mort ne m'effraie plus ; mais elle semble ne pas vouloir de moi, à présent que je n'ai aucune raison de vivre, et je crains qu'elle ne m'oublie. »

Les Coquillages de Monsieur Chabre

« Sa face blême, usée par les soucis de l'argent, était plate et banale comme un trottoir. Et il se désespérait, car un homme qui a gagné cinquante mille francs de rentes a certes le droit de s'étonner qu'il soit plus difficile d'être père que d'être riche. »

« Le premier dimanche, Estelle crut devoir aller à la messe. Elle ne pratiquait pas, à Paris. Mais, à la campagne, la messe était une distraction, une occasion de s'habiller et de voir du monde. »

« La mer montait, avec un large bruit de caresse. On aurait dit une voix de passion, quand la vague battait le sable; puis, cette voix s'apaisait tout d'un coup, et le cri se mourait avec l'eau qui se retirait, dans un murmure plaintif d'amour dompté. La jeune femme rêvait d'être aimée ainsi, par un géant dont elle aurait fait un petit garçon. »

« Le matin, il fit graisser une paire de bottes. Puis, il s'habilla entièrement de toile claire; mais sa femme ne put obtenir qu'il négligeât son nœud de cravate, dont il étala les bouts, comme s'il se rendait à un mariage. Ce nœud était sa protestation d'homme comme il faut contre le débraillé de l'Océan. »

Sur les nouvelles du recueil

« *Un mariage d'amour* formule déjà les grandes lignes de l'analyse des meurtriers qui sera développée dans *Thérèse Raquin*, analyse qui fait surtout appel à la suggestion par la présence de termes exprimant une émotion intense plus qu'une notion bien nette, ou par l'utilisation de certaines images. »

Roger Ripoll, notice d'*Un mariage d'amour*
dans l'édition de la Pléiade des *Contes et nouvelles* de Zola, 1976.

« Le tombeau, comme le tunnel effondré, met le comble à une hantise de l'espace clos et à l'effroyable crainte de la mort, qui a torturé Olivier dès sa jeunesse, jusques et surtout dans son sommeil, qui en était l'image. Or il lui a fallu passer par le souterrain pour que s'abolisse en lui cette panique. [...] Ici, comme dans *Jacques Damour*, comme dans *Pour une nuit d'amour*, ce qui transparaît derrière le renoncement, c'est l'apprivoisement au sommeil et à la mort, à ce dedans terrible de la terre ou de l'eau, qui repousse et qui attire. »

Robert Ricatte, « Zola conteur », revue *Europe*, avril-mai 1968.

« J'ai fait, pour la Russie, une nouvelle dont j'ai placé la scène à Piriac même, avec la mer pour principal personnage. »

Lettre d'Émile Zola à Paul Alexis, 20 août 1876.

Sur le naturalisme

« Hélas ! oui, nos œuvres sont maladives, et vous l'avez dit délicieusement, elles ont de la passion et de la grâce de malade : notre faute, que voulez-vous, est d'écrire avec nos entrailles et d'être de notre temps. »

Lettre d'Edmond et Jules Goncourt à Émile Zola, 27 février 1865.

« Un grand romancier est, de nos jours, celui qui a le sens du réel et qui exprime avec originalité la nature, en la faisant vivante de sa vie propre. »

Émile Zola, *Le Roman expérimental*, 1880.

« La vérité est que les chefs-d'œuvre du roman contemporain en disent beaucoup plus long sur l'homme et sur la nature, que de graves ouvrages de philosophie, d'histoire et de critique. L'outil moderne est là. »

Émile Zola, *Le Roman expérimental*, 1880.

« Le romancier, au contraire, qui prétend nous donner une image exacte de la vie, doit éviter avec soin tout enchaînement d'événements qui paraîtrait exceptionnel. Son but n'est point de nous raconter une histoire, de nous amuser ou de nous attendrir, mais de nous forcer à penser, à comprendre le sens profond et caché des événements. »

Guy de Maupassant, « Le roman », préface de *Pierre et Jean*, 1887.

« Ainsi, avant d'être un écrivain, le "naturaliste" est un philosophe, un savant, un peintre même. »

Alain Pagès, *Le Naturalisme*, PUF, « Que sais-je ? », 1989.

Groupements de textes

Scènes de la vie conjugale

Honoré de Balzac, *La Femme de trente ans*

Dans *La Femme de trente ans*, Balzac (1799-1850) relate différents moments de la vie d'une femme, Julie. L'héroïne a épousé le colonel Victor d'Aiglemont, qu'elle aimait passionnément, mais elle est vite déçue par la vie conjugale. Victor se révèle égoïste et sans finesse; ainsi Julie sombre-t-elle dans une profonde mélancolie. Elle finit par soupçonner son époux de la tromper, et comprend qui est sa maîtresse au cours de la conversation suivante.

« Vous êtes bien belle ce soir, madame d'Aiglemont ! s'écria-t-il avec cette insupportable gaieté dont le vide était si connu de la marquise.

– Où avez-vous passé la soirée ? lui demanda-t-elle en feignant une profonde indifférence.

– Chez madame de Sérizy. »

Il avait pris sur la cheminée un écran[1], et il en examinait le transparent avec attention, sans avoir aperçu la trace des larmes versées par sa femme. Julie frissonna. Le langage ne suffirait pas

---

1. **Écran**: objet qu'on utilise pour se protéger de la chaleur et de la luminosité du feu.

à exprimer le torrent de pensées qui s'échappa de son cœur et qu'elle dut y contenir.

« Madame de Sérizy donne un concert lundi prochain, et se meurt d'envie de t'avoir. Il suffit que depuis longtemps tu n'aies paru dans le monde pour qu'elle désire te voir chez elle. C'est une bonne femme qui t'aime beaucoup. Tu me feras plaisir d'y venir. J'ai presque répondu de toi…

– J'irai », répondit Julie.

Le son de la voix, l'accent et le regard de la marquise eurent quelque chose de si pénétrant, de si particulier que, malgré son insouciance, Victor regarda sa femme avec étonnement. Ce fut tout. Julie avait deviné que madame de Sérizy était la femme qui lui avait enlevé le cœur de son mari. Elle s'engourdit dans une rêverie de désespoir, et parut très occupée à regarder le feu. Victor faisait tourner l'écran dans ses doigts avec l'air ennuyé d'un homme qui, après avoir été heureux ailleurs, apporte chez lui la fatigue du bonheur. Quand il eut bâillé plusieurs fois, il prit un flambeau d'une main, de l'autre alla chercher languissamment le cou de sa femme, et voulut l'embrasser ; mais Julie se baissa, lui présenta son front, et y reçut le baiser du soir, ce baiser machinal, sans amour, espèce de grimace qui lui parut alors odieuse. Quand Victor eut fermé la porte, la marquise tomba sur un siège ; ses jambes chancelèrent, elle fondit en larmes. Il faut avoir subi le supplice de quelque scène analogue pour comprendre tout ce que celle-ci cache de douleurs, pour deviner les longs et terribles drames auxquels elle donne lieu. Ces simples et niaises paroles, ces silences entre les deux époux, les gestes, les regards, la manière dont le marquis s'était assis devant le feu, l'attitude qu'il eut en cherchant à baiser le cou de sa femme, tout avait servi à faire, de cette heure, un tragique dénouement à la vie solitaire et douloureuse menée par Julie.

Honoré de Balzac, *La Femme de trente ans* [1842],
Gallimard, « Folio classique », 1977.

Gustave Flaubert, *Madame Bovary*

Flaubert (1821-1880) publie en 1857 *Madame Bovary*. Emma a épousé un médecin de province, Charles Bovary. Nourrie de lectures romanesques, la jeune femme rêve d'un amour passionné, mais elle découvre la médiocrité de son époux, et sombre dans l'ennui.

Elle aurait voulu que ce nom de Bovary, qui était le sien, fût illustre, le voir étalé chez des libraires, répété dans les journaux, connu par toute la France. Mais Charles n'avait point d'ambition ! Un médecin d'Yvetot, avec qui dernièrement il s'était trouvé en consultation, l'avait humilié quelque peu, au lit même du malade, devant les parents assemblés. Quand Charles lui raconta, le soir, cette anecdote, Emma s'emporta bien haut contre le confrère. Charles en fut attendri. Il la baisa au front avec une larme. Mais elle était exaspérée de honte, elle avait envie de le battre, elle alla dans le corridor ouvrir la fenêtre et huma l'air frais pour se calmer.

« Quel pauvre homme ! quel pauvre homme ! » disait-elle tout bas, en se mordant les lèvres.

Elle se sentait, d'ailleurs, plus irritée de lui. Il prenait, avec l'âge, des allures épaisses ; il coupait, au dessert, le bouchon des bouteilles vides ; il se passait, après manger, la langue sur les dents ; il faisait, en avalant sa soupe, un gloussement à chaque gorgée, et, comme il commençait d'engraisser, ses yeux, déjà petits, semblaient remontés vers les tempes par la bouffissure de ses pommettes.

Emma, quelquefois, lui rentrait dans son gilet la bordure rouge de ses tricots, rajustait sa cravate, ou jetait à l'écart les gants déteints qu'il se disposait à passer ; et ce n'était pas, comme il croyait, pour lui ; c'était pour elle-même, par expansion d'égoïsme, agacement nerveux. Quelquefois aussi, elle lui parlait des choses qu'elle avait lues, comme d'un passage de roman, d'une pièce nouvelle, ou de l'anecdote du *grand monde* que l'on racontait dans le feuilleton[1] ; car, enfin, Charles était quelqu'un, une oreille toujours ouverte, une approbation toujours prête. Elle

1. **Feuilleton** : roman-feuilleton, publié en épisodes dans le journal.

faisait bien des confidences à sa levrette[1] ! Elle en eût fait aux bûches de la cheminée et au balancier de la pendule.

Gustave Flaubert, *Madame Bovary* [1857], Belin-Gallimard, « Classico », 2012.

Émile Zola, *La Curée*

Dans *La Curée*, Zola (1840-1902) décrit les aventures de Renée Béraud du Châtel, jeune fille de bonne famille tombée enceinte à la suite d'un viol. Pour sauver son honneur, elle est contrainte d'épouser Aristide Rougon, un inconnu que lui a présenté sa tante, et qui accepte de se faire passer pour le père de l'enfant. Ambitieux, celui-ci change son nom en Aristide Saccard, et, grâce au capital de son épouse, fait rapidement fortune. Vivant dans le luxe, Renée cesse de mépriser l'homme qui ne l'a épousée que par intérêt. Une certaine complicité se noue entre les époux.

Avec un tel mari, Renée était aussi peu mariée que possible. Elle restait des semaines entières sans presque le voir. D'ailleurs, il était parfait : il ouvrait pour elle sa caisse toute grande. Au fond, elle l'aimait comme un banquier obligeant[2]. Quand elle allait à l'hôtel Béraud[3], elle faisait un grand éloge de lui devant son père, que la fortune de son gendre laissait sévère et froid. Son mépris s'en était allé ; cet homme semblait si convaincu que la vie n'est qu'une affaire, il était si évidemment né pour battre monnaie avec tout ce qui lui tombait sous les mains : femmes, enfants, pavés, sacs de plâtre, consciences, qu'elle ne pouvait lui reprocher le marché de leur mariage. Depuis ce marché, il la regardait un peu comme une de ces belles maisons qui lui faisaient honneur et dont il espérait tirer de gros profits. Il la voulait bien mise, bruyante, faisant tourner la tête à tout Paris. Cela le posait, doublait le chiffre probable de sa fortune. Il était beau, jeune, amoureux, écervelé, par sa femme. Elle était une associée, une complice sans le savoir. Un nouvel attelage, une toilette de

1. **Levrette** : chien lévrier femelle.
2. **Obligeant** : qui aime rendre service.
3. **Hôtel Béraud** : résidence du père de Renée.

deux mille écus, une complaisance[1] pour quelque amant facilitèrent, décidèrent souvent ses plus heureuses affaires. Souvent aussi il se prétendait accablé, l'envoyait chez un ministre, chez un fonctionnaire quelconque, pour solliciter une autorisation ou recevoir une réponse. Il lui disait : « Et sois sage ! » d'un ton qui n'appartenait qu'à lui, à la fois railleur et câlin. Et quand elle revenait, qu'elle avait réussi, il se frottait les mains, en répétant son fameux : « Et tu as été sage ! » Renée riait. Il était trop actif pour souhaiter une madame Michelin[2]. Il aimait simplement les plaisanteries crues, les hypothèses scabreuses. D'ailleurs, si Renée « n'avait pas été sage », il n'aurait éprouvé que le dépit d'avoir réellement payé la complaisance du ministre ou du fonctionnaire. Duper les gens, leur en donner moins que pour leur argent, était un régal. Il se disait souvent : « Si j'étais femme, je me vendrais peut-être, mais je ne livrerais jamais la marchandise ; c'est trop bête. »

Émile Zola, *La Curée* [1872], Gallimard, « La bibliothèque Gallimard », 1999.

Joris-Karl Huysmans, *À vau l'eau*

Jean Folantin, héros de cette nouvelle de Huysmans (1848-1907), est un employé de ministère aux revenus modestes, qui mène une vie médiocre et solitaire. Gagné par l'ennui et la mélancolie, il se demande s'il n'aurait pas dû se marier afin d'avoir à ses côtés une épouse qui tienne son ménage.

Au fond, tout était pour le mieux ; il s'embêtait. Eh ! mon Dieu, chacun n'a-t-il pas ses ennuis ? Il avait, dans tous les cas, évité les plus douloureux, les plus poignants, ceux du mariage. Il fallait que je fusse bien bas, le soir où j'ai pleuré sur mon célibat, se dit-il. Voyez-vous cela, moi, qui aime tant à m'étendre, en chien de fusil, dans les draps, forcé de ne pas bouger, de subir le contact

1. **Complaisance** : faveur.
2. **Madame Michelin** : bourgeoise dévote voulant rester fidèle à son mari, mais abusée par le duc de Fronsac, futur cardinal de Richelieu.

d'une femme, à toutes les époques, de la contenter alors que je souhaiterais simplement de dormir !

Et encore, si l'on ne procréait aucun enfant ! si la femme était vraiment stérile ou bien adroite, il n'y aurait que demi-mal ! – mais, est-on jamais sûr de rien ! et alors ce sont de perpétuelles nuits blanches, d'incessantes inquiétudes. Le gosse braille, un jour, parce qu'il lui pousse une quenotte ; un autre jour, parce qu'il ne lui en pousse pas ; ça pue le lait sûr[1] et le pipi, par toute la chambre ; enfin, il faudrait au moins tomber sur une femme aimable, sur une bonne fille ; oui, va-t'en voir si elles viennent, Jean ; avec ma déveine coutumière[2], j'aurais épousé une pimbêche, une petite chipie, qui m'aurait intarissablement reproché les gênes utérines survenues après ses couches[3].

Non, il faut être juste : chaque état a ses inquiétudes et ses tracas ; et puis, c'est une lâcheté lorsqu'on n'a pas de fortune que d'enfanter des mioches ! – C'est les vouer au mépris des autres quand ils seront grands ; c'est les jeter dans une dégoûtante lutte, sans défense et sans armes ; c'est persécuter et châtier des innocents à qui l'on impose de recommencer la misérable vie de leur père. – Ah ! au moins, la génération des tristes Folantin, s'éteindra avec moi ! Et, consolé, M. Folantin lapait sans se plaindre, une fois sorti du bain, l'eau de vaisselle de son bouillon, et déchiquetait l'amadou[4] mouillé de sa viande.

Joris-Karl Huysmans, *À vau l'eau* [1882],
Gallimard, « Folio », 2007.

Guy de Maupassant, *Une vie*

Maupassant (1850-1893) raconte dans *Une vie* l'histoire de Jeanne, fille d'un baron, qui tombe follement amoureuse de Julien à sa sortie du

---

1. **Lait sûr** : lait aigre, fermenté.
2. **Déveine coutumière** : malchance habituelle.
3. **Gênes utérines survenues après ses couches** : douleurs de l'utérus survenues après l'accouchement.
4. **Amadou** : substance noire produite par un champignon, que l'on utilise pour allumer les feux.

couvent. Pleine d'illusions, elle décide de l'épouser, mais découvre trop tard le vrai visage de son époux, qui n'est ni aimant ni attentionné.

Ses relations avec Julien avaient changé complètement. Il semblait tout autre depuis le retour de leur voyage de noces, comme un acteur qui a fini son rôle et reprend sa figure ordinaire. C'est à peine s'il s'occupait d'elle, s'il lui parlait même ; toute trace d'amour avait subitement disparu ; et les nuits étaient rares où il pénétrait dans sa chambre.

Il avait pris la direction de la fortune et de la maison, révisait les baux[1], harcelait les paysans, diminuait les dépenses, et ayant revêtu lui-même des allures de fermier gentilhomme, il avait perdu son vernis et son élégance de fiancé.

Il ne quittait plus, bien qu'il fût tigré de taches, un vieil habit de chasse en velours, garni de boutons de cuivre, retrouvé dans sa garde-robe de jeune homme, et, envahi par la négligence des gens qui n'ont plus besoin de plaire, il avait cessé de se raser, de sorte que sa barbe longue, mal coupée, l'enlaidissait incroyablement. Ses mains n'étaient plus soignées ; et il buvait, après chaque repas, quatre ou cinq petits verres de cognac.

Jeanne ayant essayé de lui faire quelques tendres reproches, il avait répondu si brusquement : « Tu vas me laisser tranquille, n'est-ce pas ? » qu'elle ne se hasarda plus à lui donner des conseils.

Elle avait pris son parti de ces changements d'une façon qui l'étonnait elle-même. Il était devenu un étranger pour elle, un étranger dont l'âme et le cœur lui restaient fermés. Elle y songeait souvent, se demandant d'où venait qu'après s'être rencontrés ainsi, aimés, épousés dans un élan de tendresse, ils se retrouvaient tout à coup presque aussi inconnus l'un à l'autre que s'ils n'avaient pas dormi côte à côte.

Et comment ne souffrait-elle pas davantage de son abandon ? Était-ce ainsi, la vie ? s'étaient-ils trompés ? N'y avait-il plus rien pour elle dans l'avenir ?

Si Julien était demeuré beau, soigné, élégant, séduisant, peut-être eût-elle beaucoup souffert ?

Guy de Maupassant, *Une vie* [1883], Gallimard, « Folio classique », 1999.

1. **Révisait les beaux** : changeait les contrats de louage de ses terres.

La nouvelle : un regard sur la société

Mme de Lafayette, *Histoire de la princesse de Montpensier*

Mme de Lafayette (1634-1693), auteur du roman *La Princesse de Clèves* (1678), décrit dans ses œuvres les mœurs de la grande noblesse française. Dans cette nouvelle parue en 1662, elle raconte l'amour secret de la princesse de Montpensier pour le duc de Guise, dont elle devait épouser le frère, avant que ses parents n'en décident autrement et la destinent au prince de Montpensier. Ce mariage d'intérêt contrarie les sentiments qu'éprouvent les personnages.

Pendant que la guerre civile déchirait la France sous le règne de Charles IX[1], l'amour ne laissait pas de trouver sa place parmi tant de désordres, et d'en causer beaucoup dans son empire. La fille unique du marquis de Mézières, héritière très considérable et par ses grands biens et par l'illustre maison d'Anjou dont elle était descendue, était comme accordée au duc du Maine, cadet du duc de Guise, que l'on appela depuis le Balafré. Ils étaient tous deux dans une extrême jeunesse et le duc de Guise, voyant souvent cette prétendue belle-sœur, en qui paraissaient déjà les commencements d'une grande beauté, en devint amoureux et en fut aimé.

Ils cachèrent leur intelligence[2] avec beaucoup de soin, et le duc de Guise, qui n'avait pas encore tant d'ambition qu'il en eut depuis, souhaitait ardemment de l'épouser ; mais la crainte du cardinal de Lorraine son oncle, qui lui tenait lieu de père, l'empêchait de se déclarer.

Les choses étaient en cet état lorsque la maison de Bourbon[3], qui ne pouvait voir qu'avec envie l'élévation de celle de Guise, s'apercevant de l'avantage qu'elle recevrait de ce mariage, se

1. **Charles IX** (1550-1574) : roi de 1560 à 1574, au moment où la France était déchirée par des guerres de Religion entre catholiques et protestants.
2. **Intelligence** : amour.
3. **Maison de Bourbon** : famille de Bourbon ; les maisons de Guise et de Bourbon sont deux grandes familles de la noblesse française, mais celle de Bourbon est plus proche du trône.

résolut de le lui ôter et de se le procurer à elle-même, en faisant épouser cette grande héritière au jeune prince de Montpensier, que l'on appelait quelquefois le prince dauphin[1].

L'on travailla à cette affaire avec tant de succès que les parents, contre les paroles qu'ils avaient données au cardinal de Guise, se résolurent de donner leur nièce au prince de Montpensier. Ce procédé surprit extrêmement toute la maison de Guise, mais le duc en fut accablé de douleur, et l'intérêt de son amour lui fit voir ce changement comme un affront insupportable.

Son ressentiment éclata bientôt malgré les réprimandes du cardinal de Guise et du duc d'Aumale, ses oncles, qui ne voulaient point s'opiniâtrer à une chose qu'ils voyaient ne pouvoir empêcher. Il s'emporta avec tant de violence, même en présence du jeune prince de Montpensier, qu'il en naquit une haine entre eux qui ne finit qu'avec leur vie.

Mlle de Mézières, tourmentée par ses parents, voyant qu'elle ne pouvait épouser M. de Guise et connaissant par sa vertu qu'il était dangereux d'avoir pour beau-frère un homme qu'elle souhaitait pour mari, se résolut enfin d'obéir à ses parents et conjura M. de Guise de ne plus apporter d'empêchements et oppositions à son mariage. Elle épousa donc le jeune prince de Montpensier qui, peu de temps après, l'emmena à Champigny (séjour ordinaire des princes de sa maison) pour l'ôter de Paris, où apparemment tout l'effort de la guerre allait tomber[2].

Mme de Lafayette, *Histoire de la princesse de Montpensier* [1662], Gallimard, « Folio », 2009.

Guy de Maupassant, *La Parure*

Cette nouvelle de Maupassant (1850-1893) a d'abord paru dans le journal *Le Gaulois* en février 1884, avant d'être publiée l'année suivante dans le recueil *Contes du jour et de la nuit*. Elle raconte la déchéance de Mme Loisel, femme de condition modeste, qui rêve de richesse et de

1. **Prince dauphin** : prince héritier du trône ; le prince de Montpensier est le dauphin d'Auvergne.
2. Paris est en effet assiégé à l'automne 1567, au début de la deuxième guerre de Religion.

luxe. En s'efforçant de rembourser une parure de diamants prêtée par une amie et égarée au cours d'un bal, le personnage bascule peu à peu dans la misère.

C'était une de ces jolies et charmantes filles, nées, comme par une erreur du destin, dans une famille d'employés. Elle n'avait pas de dot, pas d'espérances, aucun moyen d'être connue, comprise, aimée, épousée par un homme riche et distingué; et elle se laissa marier avec un petit commis du ministère de l'Instruction publique.

Elle fut simple ne pouvant être parée, mais malheureuse comme une déclassée; car les femmes n'ont point de caste ni de race, leur beauté, leur grâce et leur charme leur servant de naissance et de famille. Leur finesse native, leur instinct d'élégance, leur souplesse d'esprit, sont leur seule hiérarchie, et font des filles du peuple les égales des plus grandes dames.

Elle souffrait sans cesse, se sentant née pour toutes les délicatesses et tous les luxes. Elle souffrait de la pauvreté de son logement, de la misère des murs, de l'usure des sièges, de la laideur des étoffes. Toutes ces choses, dont une autre femme de sa caste ne se serait même pas aperçue, la torturaient et l'indignaient. La vue de la petite Bretonne qui faisait son humble ménage éveillait en elle des regrets désolés et des rêves éperdus. Elle songeait aux antichambres muettes, capitonnées avec des tentures orientales, éclairées par de hautes torchères[1] de bronze, et aux deux grands valets en culotte courte qui dorment dans les larges fauteuils, assoupis par la chaleur lourde du calorifère[2]. Elle songeait aux grands salons vêtus de soie ancienne, aux meubles fins portant des bibelots inestimables, et aux petits salons coquets, parfumés, faits pour la causerie de cinq heures avec les amis les plus intimes, les hommes connus et recherchés dont toutes les femmes envient et désirent l'attention.

Quand elle s'asseyait, pour dîner, devant la table ronde couverte d'une nappe de trois jours, en face de son mari qui découvrait la soupière en déclarant d'un air enchanté: « Ah! le bon pot-au-feu! je ne sais rien de meilleur que cela... » elle songeait

1. **Torchères**: grands chandeliers.
2. **Calorifère**: poêle.

aux dîners fins, aux argenteries reluisantes, aux tapisseries peuplant les murailles de personnages anciens et d'oiseaux étranges au milieu d'une forêt de féerie ; elle songeait aux plats exquis servis en des vaisselles merveilleuses, aux galanteries chuchotées et écoutées avec un sourire de sphinx, tout en mangeant la chair rose d'une truite ou des ailes de gelinotte[1].

Guy de Maupassant, *La Parure*, in *Neuf nouvelles réalistes*, Belin-Gallimard, « Classico », 2015.

Émile Zola, *Comment on meurt*

Dans *Comment on meurt*, Zola (1840-1902) propose une étude sociologique en présentant la survenue de cinq décès dans cinq foyers de condition différente, du plus riche au plus modeste. Le quatrième chapitre évoque la mort d'un jeune garçon dans une famille très pauvre.

Janvier a été dur. Pas de travail, pas de pain et pas de feu à la maison. Les Morisseau ont crevé la misère. La femme est blanchisseuse, le mari est maçon. Ils habitent aux Batignolles, rue Cardinet, dans une maison noire, qui empoisonne le quartier. Leur chambre, au cinquième, est si délabrée, que la pluie entre par les fentes du plafond. Encore ne se plaindraient-ils pas, si leur petit Charlot, un gamin de dix ans, n'avait besoin d'une bonne nourriture pour devenir un homme.

L'enfant est chétif, un rien le met sur le flanc. Lorsqu'il allait à l'école, s'il s'appliquait en voulant tout apprendre d'un coup, il revenait malade. Avec ça, très intelligent, un crapaud trop gentil, qui a une conversation au-dessus de son âge. Les jours où ils n'ont pas de pain à lui donner, les parents pleurent comme des bêtes. D'autant plus que les enfants meurent ainsi que des mouches du haut en bas de la maison, tant c'est malsain.

On casse la glace dans les rues. Même le père a pu se faire embaucher ; il déblaie les ruisseaux à coups de pioche, et le soir il rapporte quarante sous. En attendant que la bâtisse reprenne, c'est toujours de quoi ne pas mourir de faim.

---

1. **Gelinotte** : sorte de perdrix.

Mais, un jour, l'homme en rentrant trouve Charlot couché. La mère ne sait ce qu'il a. Elle l'avait envoyé à Courcelles, chez sa tante, qui est fripière, voir s'il ne trouverait pas une veste plus chaude que sa blouse de toile, dans laquelle il grelotte. Sa tante n'avait que de vieux paletots d'homme trop larges, et le petit est rentré tout frissonnant, l'air ivre, comme s'il avait bu. Maintenant, il est très rouge sur l'oreiller, il dit des bêtises, il croit qu'il joue aux billes et il chante des chansons.

La mère a pendu un lambeau de châle devant la fenêtre, pour boucher un carreau cassé ; en haut, il ne reste que deux vitres libres, qui laissent pénétrer le gris livide du ciel. La misère a vidé la commode, tout le linge est au Mont-de-Piété. Un soir, on a vendu une table et deux chaises. Charlot couchait par terre ; mais, depuis qu'il est malade, on lui a donné le lit, et encore y est-il très mal, car on a porté poignée à poignée la laine du matelas chez une brocanteuse, des demi-livres à la fois, pour quatre ou cinq sous. À cette heure, ce sont le père et la mère qui couchent dans un coin, sur une paillasse dont les chiens ne voudraient pas.

Émile Zola, *Comment on meurt* [1876] dans *Contes et nouvelles II*, GF-Flammarion, 2008.

Irène Némirovsky, *M. Rose*

Irène Némirovsky (1903-1942) est une romancière d'origine russe exilée en France, juive convertie au catholicisme. À partir de 1940, victime des lois antisémites, elle ne peut plus publier ses œuvres : beaucoup d'entre elles sont éditées après sa mort. Arrêtée par la gendarmerie française, elle est déportée au camp d'Auschwitz où elle meurt en 1942. Écrite en 1940, la nouvelle *M. Rose* évoque la vie d'un personnage fortuné au début de la Seconde Guerre mondiale.

Il était prudent et calme comme un chat. Sa vie était douce ; il ne s'était pas marié et il était riche. Il avait eu dès l'enfance un air goguenard et condescendant[1] qui inspirait le respect. Il semblait croire que le monde est peuplé d'imbéciles ; il le croyait

1. **Goguenard et condescendant** : moqueur et méprisant

effectivement. À cela, rien ne résiste. Il avait cinquante ans passés, de belles joues grasses, une voix aiguë et autoritaire, des manières frileuses, discrètes, de l'esprit. Sa cave était bonne. Il offrait d'excellents dîners à de rares amis. Pour bien connaître un homme, il faut le voir à sa table ou devant une femme qui lui plaît. Lorsqu'il pelait un fruit, lorsqu'il caressait une main de femme, M. Rose avait la même douceur, la même prudence persuasive et montrait le même appétit, délicat mais court.

Il ne chérissait personne ; il ne détestait personne. C'était l'homme le plus facile à vivre, disait-on de lui. Il gérait remarquablement sa fortune. Dans sa jeunesse, il avait beaucoup voyagé. À présent, cela ne l'amusait plus. Il habitait, boulevard Malesherbes, la maison où il était né. Il couchait dans la chambre même, dans l'angle exact où on dressait autrefois son lit d'enfant. Sa vie, monotone et retirée, avait des jouissances connues de lui seul ; il se flattait d'aimer les plaisirs simples : promenades, flâneries, lectures, le même verre d'alcool pris tous les soirs à la même heure dans le même bar tranquille, les friandises d'enfant – fondants, chocolats, petits bonbons fourrés ; il n'eût pas choisi une praline à la légère, il les contemplait quelque temps, les yeux mi-clos, dans leur sac rose, puis se décidait à en prendre une avec un léger soupir et la savourait délicatement. Il estimait qu'il faut calculer sa vie, la peser, la doser d'avance, se méfier du hasard. Que cela ne fût pas toujours facile, il voulait bien l'admettre, mais patiemment il corrigeait la mauvaise chance.

Son plus grand souci était celui de placer son argent et d'éviter les impôts trop lourds. Il avait prévu la guerre de 1940 lorsqu'elle était encore dans l'œuf, avant l'époque où, chaque soir, dans chaque salon parisien, une vingtaine de faux prophètes en habit et en robe de soirée eussent commencé à annoncer d'un ton allègre[1] la fin du monde. Il avait pris ses précautions dès 1930. Elles n'étaient pas toujours heureuses. « Je perds quelques plumes, confiait-il, en 1932, à ses intimes, mais mieux vaut une plume que le panache tout entier. » De très bonne heure, il pensa à vendre les immeubles qu'il possédait à Paris et dont faisait partie la maison du boulevard Malesherbes. Il avait un peu honte d'avouer

---

1. **Allègre** : joyeux

qu'il craignait les bombardements aériens. D'ailleurs, ses raisons ne regardaient personne. Doucement, sans se presser, il conclut de bonnes affaires, comme il faisait toujours, sans excès de gains ni de pertes. Il choisit un coin ravissant de Normandie, non loin de Rouen, où il acheta une maison commode et belle, entourée d'un grand jardin ; au moment de l'Anschluss[1], il y transporta sa collection de porcelaines et la disposa dans deux vitrines, dans le salon du rez-de-chaussée. À l'entrée des troupes allemandes à Prague[2], M. Rose fit emballer sa verrerie et ses tableaux ; les livres et l'argenterie partirent un peu avant Munich[3]. Il fut aussi l'un des premiers Français à faire l'acquisition d'un masque à gaz. Cependant, il se montrait optimiste et déclarait volontiers que tout s'arrangerait.

Irène Némirovsky, *M. Rose* [1940] dans *Dimanche*,
LGF, « Le livre de poche », 2000.

J.M.G. Le Clézio, *Ô voleur, voleur, quelle vie est la tienne ?*

J.M.G. Le Clézio (né en 1940) présente cette nouvelle sous la forme d'un dialogue : une voix non identifiée interroge un voleur pour savoir comment il en est venu à faire du vol son métier.

Dis-moi, comment tout a commencé ?

Je ne sais pas, je ne sais plus, il y a si longtemps, je n'ai plus souvenir du temps maintenant, c'est la vie que je mène. Je suis né au Portugal, à Ericeira, c'était en ce temps-là un petit village de pêcheurs pas loin de Lisbonne, tout blanc au-dessus de la mer. Ensuite mon père a dû partir pour des raisons politiques, et avec ma mère et ma tante on s'est installés en France, et je n'ai jamais revu mon grand-père. C'était juste après la guerre, je crois qu'il est mort à cette époque-là. Mais je me souviens bien de lui, c'était

---

1. **Anschluss** : annexion de l'Autriche par l'Allemagne nazie en mars 1938.
2. Après l'Autriche, la Tchécoslovaquie est envahie pour être intégrée au Troisième Reich.
3. **Munich** : les accords de Munich, signés le 29 septembre 1938, stipulent que les Sudètes seront évacuées par les Tchèques et occupées par l'armée allemande.

un pêcheur, il me racontait des histoires, mais maintenant je ne parle presque plus le portugais. Après cela, j'ai travaillé comme apprenti maçon avec mon père, et puis il est mort, et ma mère a dû travailler aussi, et moi je suis entré dans une entreprise, une affaire de rénovation de vieilles maisons, ça marchait bien. En ce temps-là, j'étais comme tout le monde, j'avais un travail, j'étais marié, j'avais des amis, je ne pensais pas au lendemain, je ne pensais pas à la maladie, ni aux accidents, je travaillais beaucoup et l'argent était rare, mais je ne savais pas que j'avais de la chance.

Après ça je me suis spécialisé dans l'électricité, c'est moi qui refaisais les circuits électriques, j'installais les appareils ménagers, l'éclairage, je faisais les branchements. Ça me plaisait bien, c'était un bon travail. [...]

Et maintenant ?

Ah, maintenant, tout a changé. Ce qui est terrible, c'est que ça s'est passé d'un seul coup, quand j'ai perdu mon travail, parce que l'entreprise avait fait faillite. On a dit que c'est le patron, il était endetté jusqu'au cou, tout était hypothéqué. Alors il a filé un jour, sans prévenir, il nous devait trois mois de salaire et il venait juste d'encaisser un acompte sur un travail. Les journaux ont parlé de ça, mais on ne l'a jamais revu, ni lui ni l'argent. Alors tout le monde s'est retrouvé sans rien, ça a fait comme un grand trou dans lequel on est tous tombés. Les autres, je ne sais pas ce qu'ils sont devenus, je crois qu'ils sont partis ailleurs, ils connaissaient des gens qui pouvaient les aider. Au début j'ai cru que tout allait s'arranger, j'ai cru que j'allais retrouver du travail facilement, mais il n'y avait rien, parce que les entrepreneurs engagent des gens qui n'ont pas de famille, des étrangers, c'est plus facile quand ils veulent s'en débarrasser.

J.M.G. Le Clézio, *Ô voleur, voleur, quelle vie est la tienne ?* dans *La Ronde et autres faits divers* [1982], Gallimard, « Folio », 1990.

Questions sur les groupements de textes

■ Scènes de la vie conjugale

1. Quelles images de la vie conjugale les auteurs de ces textes réalistes et naturalistes nous donnent-ils ? Comparez l'état d'esprit des personnages masculins et féminins.

2. Faites une recherche sur le mariage au XIXe siècle : les lois qui régissent l'institution, le statut de la femme dans le mariage, les problèmes qui se posent dans la vie conjugale.
Pour trouver des informations, rendez-vous dans votre CDI. Vous pouvez aussi consulter les deux sites suivants :

www.senat.fr/colloques/colloque_femmes_pouvoir/colloque_femmes_pouvoir.html

www.histoire-image.org

Présentez le résultat de vos recherches dans un dossier que vous rédigerez à l'aide d'un logiciel de traitement de texte. Votre synthèse sera accompagnée de plusieurs illustrations commentées, ainsi que d'extraits de documents officiels ou littéraires, dont vous préciserez les sources.

■ La nouvelle : un regard sur la société

1. Quels regards les auteurs de ces nouvelles portent-ils sur la société de leur temps ? Quelles catégories sociales sont concernées ? Qu'apprend-on ?

2. a. Comme le nouvelliste, le photographe peut livrer en un instant une image de la société. Choisissez un photographe qui a cherché dans son œuvre à poser un regard sur une catégorie sociale particulière (Jacob Riis, Lewis Hine, Henri Cartier-Bresson, Robert Capa, David Seymour, Werner Bischof, Sebastião Salgado...). Présentez à vos camarades un diaporama de cinq photographies de cet artiste en leur donnant les informations suivantes : parcours du photographe, date des oeuvres, contexte dans lequel les photographies ont été prises, ce qu'on apprend sur la catégorie sociale présentée.

Pour vous aider, voici quelques sites à consulter :
www.henricartierbresson.org
www.sophot.com
http://etudesphotographiques.revues.org
http://expositions.bnf.fr

b. Réalisez ensuite vous-même une série de trois à six photographies, que vous imprimerez ou projetterez en classe, afin de présenter à vos camarades votre propre regard sur un aspect de notre société. N'oubliez pas de respecter le droit à l'image : avant de prendre un cliché, demandez leur autorisation aux personnes que vous souhaitez photographier, en leur expliquant votre projet.

Vers l'écrit du Bac

L'épreuve écrite du Bac de français s'appuie sur un corpus (ensemble de textes et de documents iconographiques). Le sujet se compose de deux parties : une ou deux questions portant sur le corpus puis trois travaux d'écriture au choix (commentaire, dissertation, écriture d'invention).

Sujet Regards satiriques sur la bourgeoisie

☛ Le roman et la nouvelle au XIXe siècle : réalisme et naturalisme

Corpus

Texte A	Gustave Flaubert, *L'Éducation sentimentale*
Texte B	Émile Zola, *Les Coquillages de Monsieur Chabre*
Texte C	Guy de Maupassant, *Boule de suif*
Annexe	Honoré Daumier, *Le Banquier*

Texte A
Gustave Flaubert, *L'Éducation sentimentale* (1869)

Au début de ce roman de Flaubert, Frédéric Moreau, un jeune homme de dix-huit ans rêvant de réussite et de fortune, est à bord d'un bateau à vapeur qui quitte la capitale. Il y fait la rencontre de Jacques Arnoux, un bourgeois parisien.

C'était un gaillard d'une quarantaine d'années, à cheveux crépus. Sa taille robuste emplissait une jaquette[1] de velours noir, deux émeraudes brillaient à sa chemise de batiste[2], et son large pantalon blanc tombait sur d'étranges bottes rouges, en cuir de Russie, rehaussées de dessins bleus.

La présence de Frédéric ne le dérangea pas. Il se tourna vers lui plusieurs fois, en l'interpellant par des clins d'œil ; ensuite il offrit des cigares à tous ceux qui l'entouraient. Mais, ennuyé de cette compagnie, sans doute, il alla se mettre plus loin. Frédéric le suivit.

La conversation roula d'abord sur les différentes espèces de tabacs, puis, tout naturellement, sur les femmes. Le monsieur en bottes rouges donna des conseils au jeune homme ; il exposait des théories, narrait des anecdotes, se citait lui-même en exemple, débitant tout cela d'un ton paterne[3], avec une ingénuité de corruption[4] divertissante.

Il était républicain[5] ; il avait voyagé, il connaissait l'intérieur des théâtres, des restaurants, des journaux, et tous les artistes célèbres, qu'il appelait familièrement par leurs prénoms ; Frédéric lui confia bientôt ses projets ; il les encouragea.

Mais il s'interrompit pour observer le tuyau de la cheminée, puis il marmotta[6] vite un long calcul, afin de savoir « combien chaque coup de piston, à tant de fois par minute, devait, etc. ».

---

1. **Jaquette** : veste d'homme.
2. **Batiste** : fin tissu de lin blanc.
3. **Paterne** : paternel.
4. **Avec une ingénuité de corruption** : avec une immoralité ouverte.
5. **Républicain** : partisan de la république (l'histoire se passe sous la monarchie de Juillet).
6. **Marmotta** : marmonna.

– Et, la somme trouvée, il admira beaucoup le paysage. Il se disait heureux d'être échappé aux affaires.

Frédéric éprouvait un certain respect pour lui, et ne résista pas à l'envie de savoir son nom. L'inconnu répondit tout d'une haleine :

« Jacques Arnoux propriétaire de *l'Art industriel*, boulevard Montmartre. »

Un domestique ayant un galon[1] d'or à la casquette vint lui dire :

« Si Monsieur voulait descendre ? Mademoiselle pleure. »

Il disparut.

L'Art industriel était un établissement hybride[2], comprenant un journal de peinture et un magasin de tableaux. Frédéric avait vu ce titre-là, plusieurs fois, à l'étalage du libraire de son pays natal, sur d'immenses prospectus, où le nom de Jacques Arnoux se développait magistralement.

Gustave Flaubert, *L'Éducation sentimentale*, première partie, chap. I.

Texte B

Émile Zola, *Les Coquillages de Monsieur Chabre* (1876)

Le grand chagrin de M. Chabre était de ne pas avoir d'enfant. Il avait épousé une demoiselle Catinot, de la maison Desvignes et Catinot, la blonde Estelle, grande belle fille de dix-huit ans ; et, depuis quatre ans, il attendait, anxieux, consterné, blessé de l'inutilité de ses efforts.

M. Chabre était un ancien marchand de grains retiré. Il avait une belle fortune. Bien qu'il eût mené la vie chaste d'un bourgeois enfoncé dans l'idée fixe de devenir millionnaire, il traînait à quarante-cinq ans des jambes alourdies de vieillard. Sa face blême, usée par les soucis de l'argent, était plate et banale comme un trottoir. Et il se désespérait, car un homme qui a gagné cinquante mille francs de rentes a certes le droit de s'étonner qu'il soit plus difficile d'être père que d'être riche.

---

1. **Galon** : bande de tissu cousue sur le bord d'un vêtement.
2. **Hybride** : composé de plusieurs éléments.

La belle Mme Chabre avait alors vingt-deux ans. Elle était adorable avec son teint de pêche mûre, ses cheveux couleur de soleil, envolés sur sa nuque. Ses yeux d'un bleu vert semblaient une eau dormante, sous laquelle il était malaisé de lire. Quand son mari se plaignait de la stérilité de leur union, elle redressait sa taille souple, elle développait l'ampleur de ses hanches et de sa gorge ; et le sourire qui pinçait le coin de ses lèvres disait clairement : « Est-ce ma faute ? » D'ailleurs, dans le cercle de ses relations, Mme Chabre était regardée comme une personne d'une éducation parfaite, incapable de faire causer d'elle, suffisamment dévote, nourrie enfin dans les bonnes traditions bourgeoises par une mère rigide. Seules, les ailes fines de son petit nez blanc avaient parfois des battements nerveux, qui auraient inquiété un autre mari qu'un ancien marchand de grains.

Cependant, le médecin de la famille, le docteur Guiraud, gros homme fin et souriant, avait eu déjà plusieurs conversations particulières avec M. Chabre. Il lui expliquait combien la science est encore en retard. Mon Dieu ! non, on ne plantait pas un enfant comme un chêne. Pourtant, ne voulant désespérer personne, il lui avait promis de songer à son cas. Et, un matin de juillet, il vint lui dire :

« Vous devriez partir pour les bains de mer, cher monsieur… Oui, c'est excellent. Et surtout mangez beaucoup de coquillages, ne mangez que des coquillages. »

M. Chabre, repris d'espérance, demanda vivement :

« Des coquillages, docteur ?… Vous croyez que des coquillages… ?

– Parfaitement ! On a vu le traitement réussir. Entendez-vous, tous les jours des huîtres, des moules, des clovisses, des oursins, des arapèdes, même des homards et des langoustes. »

Puis, comme il se retirait, il ajouta négligemment, sur le seuil de la porte :

« Ne vous enterrez pas. Mme Chabre est jeune et a besoin de distractions… Allez à Trouville. L'air y est très bon. »

Trois jours après, le ménage Chabre partait. Seulement, l'ancien marchand de grains avait pensé qu'il était complètement inutile d'aller à Trouville, où il dépenserait un argent fou. On est également bien dans tous les pays pour manger des coquillages ;

même, dans un pays perdu, les coquillages devaient être plus abondants et moins chers. Quant aux amusements, ils seraient toujours trop nombreux. Ce n'était pas un voyage de plaisir qu'ils faisaient.

Émile Zola, *Les Coquillages de Monsieur Chabre*, chap. I.

Texte C

Guy de Maupassant, *Boule de suif* (1880)

Cette nouvelle se passe pendant la guerre franco-prussienne (1870-1871), alors que la ville de Rouen est envahie par les Prussiens. Dix personnes tentent de fuir l'ennemi. Maupassant décrit ces voyageurs montés dans une diligence devant gagner Dieppe.

Tout au fond, aux meilleures places, sommeillaient, en face l'un de l'autre, M. et Mme Loiseau, des marchands de vin en gros de la rue Grand-Pont.

Ancien commis[1] d'un patron ruiné dans les affaires, Loiseau avait acheté le fonds[2] et fait fortune. Il vendait à très bon marché de très mauvais vins aux petits débitants[3] des campagnes et passait parmi ses connaissances et ses amis pour un fripon madré[4], un vrai Normand plein de ruses et de jovialité.

Sa réputation de filou était si bien établie, qu'un soir, à la préfecture, M. Tournel, auteur de fables et de chansons, esprit mordant et fin, une gloire locale, avait proposé aux dames qu'il voyait un peu somnolentes de faire une partie de « Loiseau vole » ; le mot lui-même vola à travers les salons du préfet, puis, gagnant ceux de la ville, avait fait rire pendant un mois toutes les mâchoires de la province.

Loiseau était en outre célèbre par ses farces de toute nature, ses plaisanteries bonnes ou mauvaises ; et personne ne pouvait parler de lui sans ajouter immédiatement : « Il est impayable, ce Loiseau. »

---

1. **Commis** : employé, assistant.
2. **Fonds** : commerce.
3. **Débitants** : commerçants tenant un débit de boisson.
4. **Madré** : rusé.

De taille exiguë, il présentait un ventre en ballon surmonté d'une face rougeaude entre deux favoris grisonnants.

Sa femme, grande, forte, résolue, avec la voix haute et la décision rapide, était l'ordre et l'arithmétique de la maison de commerce, qu'il animait par son activité joyeuse.

Guy de Maupassant, *Boule de suif*.

Annexe
Honoré Daumier, *Le Banquier* (1835)

■ *Questions sur le corpus*

(4 points pour les séries générales ou 6 points pour les séries technologiques)

1. De quels aspects de la bourgeoisie les auteurs des textes du corpus se moquent-ils dans ces différents portraits ?

2. Quelles sont les caractéristiques physiques d'un bourgeois du XIXe siècle d'après ce corpus (textes et annexe) ?

■ *Travaux d'écriture*

(16 points pour les séries générales ou 14 points pour les séries technologiques)

Commentaire (séries générales)

Vous ferez le commentaire du texte de Gustave Flaubert (texte A).

Commentaire (séries technologiques)

Vous ferez le commentaire du texte d'Émile Zola (texte B) en vous aidant du parcours de lecture suivant : dans un premier temps, vous expliquerez en quoi Monsieur Chabre est un personnage ridicule ; dans un second temps, vous montrerez que Zola se moque des valeurs bourgeoises à travers ses personnages.

Dissertation

Selon vous, la nouvelle et le roman doivent-ils décrire fidèlement la réalité ou s'en écarter pour plaire au lecteur ? Vous répondrez à cette question en vous appuyant sur les documents du corpus, sur les textes étudiés en classe ainsi que sur vos lectures personnelles.

Écriture d'invention

Rédigez le portrait du banquier caricaturé par Daumier (annexe). Vous serez libre de lui inventer un nom, et d'imaginer rapidement sa situation, son histoire. Votre portrait sera satirique : vous montrerez comment ses traits physiques sont révélateurs de son caractère et de son état d'esprit.

Fenêtres sur…

Des ouvrages à lire

D'autres nouvelles d'Émile Zola

- Émile Zola, *Les Repoussoirs* [1866] et *Histoire d'un fou* [1872] dans *Contes et nouvelles I*, GF-Flammarion, 2008.
- Émile Zola, *Comment on meurt* [1876] et *Nantas* [1878] dans *Contes et nouvelles II*, GF-Flammarion, 2008.

Des recueils de nouvelles réalistes et naturalistes

- Guy de Maupassant, *Contes du jour et de la nuit* [1885], Gallimard, « Folio classique », 1984.
- *Les Soirées de Médan* [1880], Grasset, « Les cahiers rouges », 2003.

Des romans naturalistes

- Edmond et Jules de Goncourt, *Germinie Lacerteux* [1865], GF-Flammarion, 1993.
- Émile Zola, *Thérèse Raquin* [1867], Belin-Gallimard, « Classico », 2023.
- Émile Zola, *La Fortune des Rougon* [1871], Belin-Gallimard, « Classico », 2010.
- Émile Zola, *La Curée* [1872], Gallimard, « La bibliothèque Gallimard », 1999.
- Émile Zola, *L'Assommoir* [1877], Gallimard, « Folioplus classiques », 2008.

Des films à voir

(Les œuvres citées ci-dessous sont disponibles en DVD.)

- *Une partie de campagne*, film de Jean Renoir, avec Sylvia Bataille et Georges Darnoux, 1936.
- *Thérèse Raquin*, film de Marcel Carné, avec Simone Signoret, Raf Vallone et Jacques Duby, 1953.
- *Gervaise*, film de René Clément, avec Maria Schell et François Périer, 1956.
- *Germinal*, film de Claude Berri, avec Renaud, Judith Henry, Miou-Miou et Gérard Depardieu, 1993.

Des sites Internet à consulter

- **Site de la société littéraire des amis d'Émile Zola:** www.cahiers-naturalistes.com/presentation/societe
- **Exposition numérique consacrée à Émile Zola sur le site de la BNF:** http://expositions.bnf.fr/zola/index.htm
- **Extraits des dossiers préparatoires des Rougon-Macquart dans l'exposition numérique sur les brouillons d'écrivains sur le site de la BNF:** http://expositions.bnf.fr/brouillons/ecrivains/index.htm

Des œuvres d'art à découvrir

(Toutes les œuvres citées ci-dessous sont visibles et commentées sur le site du musée d'Orsay.)

- Gustave Courbet, *Un enterrement à Ornans*, huile sur toile, musée d'Orsay, Paris, 1849-1850.
- Claude Monet, *Déjeuner sur l'herbe*, huile sur toile, musée d'Orsay, Paris, 1865-1866.
- Édouard Manet, *Émile Zola*, huile sur toile, musée d'Orsay, Paris, 1868.

- Gustave Le Gray, *Marine, étude de nuages*, photographie (épreuve sur papier albuminé), musée d'Orsay, Paris, 1856-1857.
- Étienne Carjat, *Portrait du peintre Gustave Courbet*, photographie (épreuve photomécanique), musée d'Orsay, Paris, 1861.
- Félix Nadar, *La main du banquier D. (étude chirographique) tirée en une heure à la lumière électrique*, photographie (négatif verre au collodion humide), musée d'Orsay, Paris, 1861.

Glossaire

Analepse : équivalent du flash-back au cinéma. Bouleversement de la chronologie du récit et retour en arrière pour raconter des faits antérieurs à l'action. C'est l'inverse de l'anticipation (ou prolepse).

Chute : fin surprenante d'un texte, qui suscite le rire ou la réflexion, éclaire le sens du texte et amène éventuellement à le réinterpréter.

Description : consiste à présenter les éléments du réel en les nommant et en les caractérisant. Elle constitue généralement une pause dans le récit. Quand la description présente un personnage, on parle de portrait.

Didactique : qui cherche à instruire.

Ellipse : l'un des rythmes du récit (voir cette définition). Le narrateur passe sous silence une partie de l'histoire.

Fiction : histoire imaginaire, dont les faits, et la plupart du temps les personnages, sont inventés par l'auteur.

Ironie : procédé qui consiste à dire une chose tout en suggérant l'inverse. L'ironie joue sur l'implicite et doit être décodée par le lecteur.

Métaphore : figure de style qui consiste à rapprocher deux réalités, le comparé (terme de départ) et le comparant (terme qui crée l'image) sans outil de comparaison.

Narrateur : celui qui raconte. Il peut être extérieur à l'histoire, ou être un personnage de celle-ci.

Pause : l'un des rythmes du récit (voir cette définition). Temps d'arrêt du récit pour laisser place à une description ou à un commentaire du narrateur.

Personnification : figure de style qui consiste à attribuer des qualités humaines à une chose ou à un animal.

Point de vue ou focalisation : point de vue adopté par le narrateur pour raconter l'histoire. Il en existe trois :
– **externe** : les faits sont présentés à travers le regard extérieur du narrateur, qui ne révèle pas les pensées ou les sentiments des personnages ;
– **interne** : le narrateur adopte le point de vue d'un personnage et ne révèle que ce que ce dernier perçoit et pense ;
– **omniscient** : le narrateur sait tout sur tous les personnages (actions, pensées, passé).

Rythmes du récit : le rythme du récit met en parallèle le temps de l'histoire et le temps de la narration (c'est-à-dire le temps que l'on met à raconter l'histoire). On distingue quatre rythmes : scène, pause, sommaire, ellipse (voir ces définitions).

Satire : critique moqueuse.

Scène : l'un des rythmes du récit (voir cette définition). Les actions sont racontées telles qu'elles pourraient se dérouler sous les yeux du lecteur.

Sommaire : l'un des rythmes du récit (voir cette définition). Des faits qui s'étendent sur une longue durée sont résumés en quelques phrases.

Notes

Notes

Notes

Notes

Notes

Dans la même collection

CLASSICOCOLLÈGE

14-18 Lettres d'écrivains (anthologie) (1)
Contes (Andersen, Aulnoy, Grimm, Perrault) (93)
Douze nouvelles contemporaines (anthologie) (119)
Fabliaux (94)
La Farce de maître Pathelin (75)
Gilgamesh (17)
Histoires de vampires (33)
Les Mille et Une Nuits: Aladin, Ali Baba, Sindbâd (156)
La Poésie engagée (anthologie) (31)
La Poésie lyrique (anthologie) (49)
Le Roman de Renart (50)
Les textes fondateurs (anthologie) (123)
Neuf nouvelles réalistes (anthologie) (125)
Jean Anouilh – *Le Bal des voleurs* (78)
Guillaume Apollinaire – *Calligrammes* (2)
Louis Aragon – *Le Collaborateur et autres nouvelles sur la guerre* (142)
Honoré de Balzac – *Le Colonel Chabert* (57)
René Barjavel – *Le Voyageur imprudent* (141)
James Matthew Barrie – *Peter Pan* (165)
Béroul – *Tristan et Iseut* (61)
Ray Bradbury – *Fahrenheit 451* (152)
Évelyne Brisou-Pellen – *Thésée, Ariane et le Minotaure* (158)
Albert Camus – *Le Malentendu* (114)
Lewis Carroll – *Alice au pays des merveilles* (53)
Driss Chraïbi – *La Civilisation, ma Mère!...* (79)
Arthur Conan Doyle – *Sherlock Holmes, Le Chien des Baskerville* (173)
Chrétien de Troyes – *Érec et Énide* (144)
Chrétien de Troyes – *Lancelot ou le Chevalier de la charrette* (109)
Chrétien de Troyes – *Yvain ou le Chevalier au lion* (3)
Jean Cocteau – *Antigone* (96)
Albert Cohen – *Le Livre de ma mère* (59)
Corneille – *Le Cid* (41)
Didier Daeninckx – *Meurtres pour mémoire* (4)
Dai Sijie – *Balzac et la Petite Tailleuse chinoise* (116)
Annie Ernaux – *La Place* (82)
Georges Feydeau – *Dormez, je le veux!* (76)
Gustave Flaubert – *Un cœur simple* (77)
Romain Gary – *La Vie devant soi* (113)
Théophile Gautier – *La Morte amoureuse et autres nouvelles fantastiques* (146)
Jean Giraudoux – *La guerre de Troie n'aura pas lieu* (127)

William Golding – *Sa Majesté des Mouches* (5)
Jacob et Wilhelm Grimm – *Contes* (73)
Homère – *L'Odyssée* (14)
Victor Hugo – *Claude Gueux* (6)
Victor Hugo – *Les Misérables* (110)
Joseph Kessel – *Le Lion* (38)
Joseph Kessel – *Une balle perdue* (167)
Rudyard Kipling – *Le Livre de la Jungle* (133)
Jean de La Fontaine – *Fables* (74)
Maurice Leblanc – *L'Aiguille creuse, une aventure d'Arsène Lupin* (184)
J.M.G. Le Clézio – *Mondo et trois autres histoires* (34)
Mme Leprince de Beaumont – *La Belle et la Bête* (140)
Jack London – *L'Appel de la forêt* (30)
Guy de Maupassant – *Histoire vraie et autres nouvelles* (7)
Guy de Maupassant – *Le Horla* (54)
Guy de Maupassant – *Nouvelles réalistes* (97)
Prosper Mérimée, Théophile Gautier, Guy de Maupassant – *La Vénus d'Ille et autres nouvelles fantastiques* (136)
Marivaux – *L'Île des esclaves* (139)
Molière – *L'Avare* (51)
Molière – *Le Bourgeois gentilhomme* (62)
Molière – *Les Fourberies de Scapin* (9)
Molière – *George Dandin* (115)
Molière – *Le Malade imaginaire* (42)
Molière – *Le Médecin malgré lui* (13)
Molière – *Le Médecin volant et L'Amour médecin* (52)
Jean Molla – *Felicidad* (168)
Jean Molla – *Sobibor* (32)
Michael Morpurgo – *Cheval de guerre* (154)
Jean-Claude Mourlevat – *Terrienne* (159)
Jean-Claude Mourlevat – *Silhouette* (185)
George Orwell – *La Ferme des animaux* (130)
George Orwell – *1984* (175)
Ovide – *Les Métamorphoses* (37)
Daniel Pennac – *Kamo et moi* (172)
Charles Perrault – *Contes* (15)
Edgar Allan Poe – *Trois nouvelles extraordinaires* (16)
Jules Romains – *Knock ou le Triomphe de la médecine* (10)
Edmond Rostand – *Cyrano de Bergerac* (58)
Antoine de Saint-Exupéry – *Lettre à un otage* (11)
William Shakespeare – *Roméo et Juliette* (70)
Sophocle – *Antigone* (81)
John Steinbeck – *Des souris et des hommes* (100)
Robert Louis Stevenson – *L'Étrange Cas du Dr Jekyll et de M. Hyde* (155)
Robert Louis Stevenson – *L'Île au Trésor* (95)

Jonathan Swift – *Gulliver. Voyage à Lilliput* (151)
Jean Tardieu – *Quatre courtes pièces* (63)
Michel Tournier – *Vendredi ou la Vie sauvage* (69)
Mark Twain – *Les Aventures de Tom Sawyer* (150)
Fred Uhlman – *L'Ami retrouvé* (80)
Paul Verlaine – *Romances sans paroles* (12)
Jules Verne – *Le Tour du monde en 80 jours* (166)
Voltaire – *Jeannot et Colin, Le Monde comme il va* (174)
Marguerite Yourcenar – *Comment Wang-Fô fut sauvé* (186)
Anne Wiazemsky – *Mon enfant de Berlin* (98)
Émile Zola – *Au Bonheur des Dames* (128)

CLASSICOLYCÉE

Des poèmes et des rêves (anthologie) (105)
Guillaume Apollinaire – *Alcools* (25)
Honoré de Balzac – *La Fille aux yeux d'or* (120)
Honoré de Balzac – *Le Colonel Chabert* (131)
Honoré de Balzac – *Le Père Goriot* (99)
Honoré de Balzac – *La Peau de chagrin* (188)
Honoré de Balzac – *Mémoires de deux jeunes mariées* (189)
Charles Baudelaire – *Les Fleurs du mal* (21)
Charles Baudelaire – *Le Spleen de Paris* (87)
Beaumarchais – *Le Barbier de Séville* (138)
Beaumarchais – *Le Mariage de Figaro* (65)
Ray Bradbury – *Fahrenheit 451* (66)
Albert Camus – *La Peste* (90)
Emmanuel Carrère – *L'Adversaire* (40)
Blaise Cendrars – *Prose du Transsibérien et autres poèmes* (147)
Corneille – *Le Cid* (129)
Corneille – *Médée* (84)
Dai Sijie – *Balzac et la Petite Tailleuse chinoise* (28)
Robert Desnos – *Corps et Biens* (132)
Denis Diderot – *Supplément au Voyage de Bougainville* (56)
Joachim du Bellay – *Les Regrets* (187)
Alexandre Dumas – *Pauline* (121)
Alexandre Dumas – *Antony* (177)
Marguerite Duras – *Le Ravissement de Lol V. Stein* (134)
Marguerite Duras – *Un barrage contre le Pacifique* (67)
Paul Éluard – *Capitale de la douleur* (91)
Annie Ernaux – *La Place* (35)
Élisabeth Filhol – *La Centrale* (112)
Francis Scott Fitzgerald – *Gatsby le magnifique* (104)

Gustave Flaubert – *Madame Bovary* (89)
François Garde – *Ce qu'il advint du sauvage blanc* (145)
Romain Gary – *La Vie devant soi* (29)
Romain Gary – *Les Cerfs-volants* (157)
Jean Genet – *Les Bonnes* (45)
Jean Giono – *Un roi sans divertissement* (118)
Olympe de Gouges – *Déclaration des droits de la femme et de la citoyenne* (179)
J.-Cl. Grumberg, Ph. Minyana, N. Renaude – *Trois pièces contemporaines* (24)
Victor Hugo – *Anthologie poétique* (124)
Victor Hugo – *Le Dernier Jour d'un condamné* (44)
Victor Hugo – *Les Contemplations* (livres I à IV) (163)
Victor Hugo – *Ruy Blas* (19)
Eugène Ionesco – *La Cantatrice chauve* (20)
Eugène Ionesco – *Le roi se meurt* (43)
Louise Labé – *Poésies* (176)
Laclos – *Les Liaisons dangereuses* (88)
Mme de Lafayette – *La Princesse de Clèves* (71)
Jean de La Bruyère – *Les Caractères* (livres V à X) (181)
Jean de La Bruyère – *Les Caractères* (livre XI) (182)
Jean de La Fontaine – *Fables* (livres VII à XI) (164)
Marivaux – *Les Fausses Confidences* (170)
Marivaux – *L'Île des esclaves* (36)
Marivaux – *Le Jeu de l'amour et du hasard* (55)
Guy de Maupassant – *Bel-Ami* (27)
Guy de Maupassant – *Pierre et Jean* (64)
Guy de Maupassant – *Une partie de campagne et autres nouvelles réalistes* (143)
Pierre Michon – *Vies minuscules* (180)
Patrick Modiano – *Dora Bruder* (169)
Molière – *Dom Juan* (26)
Molière – *L'École des femmes* (102)
Molière – *Les Femmes savantes* (149)
Molière – *Le Malade imaginaire* (171)
Molière – *Le Misanthrope* (122)
Molière – *Le Tartuffe* (48)
Montaigne – *Essais. Des Cannibales, Des coches* (161)
Montesquieu – *Lettres persanes* (103)
Alfred de Musset – *Lorenzaccio* (111)
Alfred de Musset – *On ne badine pas avec l'amour* (86)
Marie NDiaye – *Histoire de Khady Demba. Trois femmes puissantes* (190)
George Orwell – *La Ferme des animaux* (106)
Pierre Péju – *La Petite Chartreuse* (92)
Charles Perrault – *Contes* (137)
Francis Ponge – *Le Parti pris des choses* (72)
Abbé Prévost – *Manon Lescaut* (23)

rançois Rabelais – *Gargantua* (183)
Racine – *Andromaque* (22)
Racine – *Bérénice* (60)
Racine – *Britannicus* (108)
Racine – *Phèdre* (39)
Arthur Rimbaud – *Œuvres poétiques* (68)
Tiago Rodrigues – *Bovary* (178)
Edmond Rostand – *Cyrano de Bergerac* (148)
Stendhal – *Le Rouge et le Noir* (160)
Paul Verlaine – *Poèmes saturniens* et *Fêtes galantes* (101)
Jules Verne – *Voyage au centre de la Terre* (162)
Voltaire – *Candide* (18)
Voltaire – *L'Ingénu* (85)
Voltaire – *Micromégas* (117)
Voltaire – *Traité sur la tolérance* (135)
Voltaire – *Zadig* (47)
Émile Zola – *La Fortune des Rougon* (46)
Émile Zola – *Nouvelles naturalistes* (83)
Émile Zola – *Thérèse Raquin* (107)

Cet ouvrage a été composé par Palimpseste à Paris.

La pâte à papier utilisée pour la fabrication du papier de cet ouvrage
provient de forêts certifiées et gérées durablement.
Imprimé en Espagne par Novoprint (Barcelone)
Dépôt légal : février 2012 – N° d'édition : 70116149-07/novembre 2022

PEFC PEFC/14-38-00277